D'UN BOIS À L'AUTRE

Je dédie ce livre à Alexandre Pitoëff, mon parrain, et à son père, chauffeur de taxis à Paris après la déroute des Russes blanc.

Un grand merci à Lucile, Sylvie et Jean-Jacques pour leur lecture bienveillante et attentive.

Du même auteur :

La sirène du Bourillon   2020

D'un bois à l'autre   2021

La terre de nos ancêtres   2022

© Michel Barbe
Édition : BoD – Books on Demand, info@bod.fr
Impression : BoD – Books on Demand,
In de Tarpen 42, Norderstedt (Allemagne)
Impression à la demande
ISBN : 978-2-3224-4067-2
Dépôt légal : juillet 2022

D'un bois à l'autre

MICHEL BARBE

1959

Gièvres, vendredi 23 janvier

Sanglés dans des trench-coats beiges, une asperge et un potiron franchirent le seuil de la porte. Les regards se tournèrent vers eux. Ils détonnaient dans ce club privé paré des atours d'une maison close sans en porter le nom. Ils s'assirent sur des tabourets, et déposèrent d'un même geste leurs chapeaux mous sur le zinc. Les avances des filles peu farouches sous la coupe d'Alexis Boldaïev les laissèrent de marbre, ils n'étaient pas venus batifoler. Leur seule exigence de la soirée concerna une bouteille de Tsarskaya, une vodka russe recommandée entre deux cuillères de caviar.

Les autres clients avaient vidé les lieux quand la patronne, une femme autoritaire, les invita à régler leur note. Pour solde de tous comptes, ils déboutonnèrent leurs imperméables. Elle n'était pas du genre à se dégonfler à la moindre altercation, mais remarqua des holsters en cuir munis de revolvers. Le froid polaire projeté par leurs pupilles contractées requérait la présence de son mari. Elle envoya sa dernière recrue le chercher.

Alexis avait passé l'essentiel de sa journée sur le toit des écuries. Il y avait démonté les éléments de la charpente qui présentaient des signes d'affaissement. C'est qu'il en restait du boulot pour réparer les deux granges, le hangar et les remises ! soupira-t-il en soulevant sa hache. Il avait acheté ce manoir planté sur un terrain de vingt-deux hectares une bouchée de pain, mais tout était à refaire. Après avoir rénové l'habitation principale afin d'exercer ses activités de souteneur, il comptait s'attaquer aux constructions annexes. D'anciens codétenus, des gars prêts à recevoir des billets sans demander leur provenance, l'aideraient à partir du lendemain.

À une heure du matin, il fendait encore des bûches près du four à bois. Sa transpiration imprégnait son bleu de travail, la réserve abritait déjà deux stères de chêne, mais il ressentait le besoin de se défouler. Depuis la naissance d'Anton, Dariya, une danseuse d'origine ukrainienne devenue son épouse, était moins portée sur la chose alors que ses testostérones le titillaient sans prévenir. Heureusement, ses six duchesses, comme il les appelait, acceptaient qu'il les saute dans la journée ou quand il se relevait au milieu de la nuit en essayant de ne pas réveiller sa femme. Une façon de compléter en nature les retenues sur leurs passes censées les protéger.

En voyant Valentina approcher, Alexis posa sa hache sur le billot. Il aurait préféré la bonne humeur de Masha, une grande grue bien en chair qui mettait du cœur à l'ouvrage ; ou la créative Tatiana, qui comblait ses exigences avec subtilité. Il esquissa un vague sourire. Avec l'âge, il avait fini par assimiler qu'un minimum de courtoisie facilitait l'imbrication des corps. Mais Valentina n'était pas venue pour la cabriole et ils rejoignirent le manoir sans échanger un mot. Il savait de quoi il retournait. Un client, déçu de l'attitude d'une fille ou de la qualité du champagne, trouvait l'addition salée. Inutile de prendre son arme pour si peu. Chauve à vingt-cinq ans, doté d'un visage inexpressif et d'une ossature de docker, cet expert des combats de rue impressionnait son homme sans avoir besoin de déballer ses muscles.

Les deux inconnus se présentèrent comme les agents soviétiques qui avaient manigancé les enlèvements des généraux Koutiepov et Miller. Alexandre Koutiepov, Alexis en avait entendu parler : « Les bolcheviques ne nous laisseront jamais tranquilles ! », avait déploré son père en apprenant sa mort par le journal.

Lui, ces histoires de Russes blancs ou rouges, il s'en foutait. Il le leur avait dit aux deux gus. Mais ils l'avaient menacé de dévoiler ses activités aux autorités françaises s'il ne participait pas à un attentat contre un ancien colonel tsariste ordonné par le nouveau chef du Kremlin !

Des espions, manquait plus que ça ! bouillonnait-il. Pourtant, il en avait croisé des types louches. Des férus de la mitraillette en quête de reconnaissance, des braqueurs de pharmacies pour une boîte d'opioïdes... Il avait suffisamment bourlingué ses tripes dans des zones à risques pour sentir les arnaques se profiler à l'horizon. À cent contre un, ces deux croque-morts l'avaient déjà intégré dans les dommages collatéraux afin de récupérer son business ! Comme leurs index titillaient la gâchette de leurs Beretta, il s'était retenu de les balancer dans le puits, derrière la grange.

Grenoble, lundi 11 mai

Vers trois heures du matin, un break Peugeot 203, noir comme ceux de la gendarmerie remarqua Alexis Boldaïev, s'arrêta au beau milieu de la place Grenette. Dans la foulée, une Renault Frégate bleu ciel se gara devant la fontaine des Dauphins. Son conducteur monta dans la Peugeot qui démarra, tous feux éteints.

Planqué derrière une colonne Morris, à quelques pas de la fontaine, Alexis attendit que le silence recouvre ses droits pour approcher de la Frégate. L'asperge n'avait pas verrouillé les portières. Il trouva la clé de contact dans le Neumann et les papiers sur le siège passager. Avec la prolifération des voleurs de bagnole, c'était n'importe quoi ! estima-t-il en les glissant dans une enveloppe qu'il rangea dans le vide-poche.

Les deux légumes avaient exigé qu'il conduise le taxi. Ils en avaient neutralisé – pour reprendre leur expression – le propriétaire, un certain Boris. Pour quelle raison n'avaient-ils pas attendu le moment de l'attentat pour l'exécuter ? s'était inquiété Alexis. Retirer de la circulation – une autre de leurs expressions – le colonel Wrotsky restait à l'ordre du jour, mais ce changement de chauffeur confirmait qu'ils s'occuperaient de sa pomme dans la foulée ! Alors, puisqu'on était dans une logique de substitution, il s'était également trouvé un remplaçant. Celui qui allait entuber Alexis Boldaïev n'était pas encore né ! ricana-t-il en enjambant la selle d'une Norton qu'il avait chouravée dans la journée. Il releva le col de sa veste et rallia la nationale qui menait à Lyon. Cinq kilomètres avant Rives, il balança la moto dans un affluent de l'Isère, et rejoignit un embranchement avec un chemin forestier.

Vladimir Fedowsky, un jeune homme malingre flottant dans un costume noir bon marché, sortit de l'hôtel de l'Europe à cinq heures trente du matin. Une pluie drue tombait sur Grenoble. Il recouvrit ses cheveux en brosse d'une casquette écossaise avant de traverser la place en courant. Comme convenu avec Alexis Boldaïev, il trouva une enveloppe dans le vide-poche de la Frégate. Outre les clés et les papiers du véhicule, elle contenait deux cent cinquante mille anciens francs, l'équivalent de ce qu'il avait reçu en acompte, et des instructions.

D'habitude, le bruit des essuie-glaces l'aurait insupporté, mais le crissement du caoutchouc sur le verre l'indiffèra. Six semaines auparavant, Alexis avait monopolisé son taxi une bonne heure durant pour lui préciser ce qu'il attendait de lui. Vlad avait protesté, mais Alexis l'avait menacé de tuer Geneviève, sa fiancée, s'il ne coopérait pas. Il avait débité des arguments convaincants et Vlad avait ordonné à Geneviève de déménager, sans lui fournir d'explication.

Ils auraient pu s'enfuir ensemble. Mais si Alexis avait les moyens de les retrouver, Vlad ne donnait pas cher de leur peau. Il devait donc aller jusqu'au bout. D'ici quelque temps, ils élèveraient l'enfant qu'elle portait, se rasséréna-t-il en palpant l'enveloppe.

Avant de tourner la clé de contact, il se répéta une dernière fois les recommandations d'Alexis : « Ne te fais pas remarquer en récupérant le colonel ; rassure-le sur le changement de chauffeur ; rabats ta casquette si tu croises quelqu'un ; arrête-toi quand tu m'apercevras sur le chemin. »

Accroupi derrière un talus, Alexis entendit le ronronnement grandissant d'un quatre cylindres, des crissements de pneus sur l'asphalte dus à un freinage brutal. La 203 break des espions russes venait de stopper à l'embranchement. Le passager sortit du véhicule. Il emprunta le chemin de terre, et la Peugeot redémarra. Deux minutes après, Alexis aperçut la Frégate rouler en direction de Rives. Un rictus clôturant la phase d'observation dénuda sa dentition incomplète – résultat d'innombrables pendules remises à l'heure.

Vladimir Fedowsky s'arrêta à l'entrée du château de l'Orgère à six heures et quart. Assis devant les grilles, sur une valise en métal martelé, un septuagénaire vêtu d'une redingote et portant des moustaches s'abritait sous un parapluie. Vlad vérifia si des passants arpentaient la rue, resserra le nœud de sa cravate et descendit de la voiture :

— Colonel Wrotsky, Boris est malade. Il m'a proposé de le remplacer, annonça-t-il en prenant la valise.

Pendant que le colonel s'installait sur la banquette, Vlad déposa le bagage dans le coffre.

Ils venaient de quitter Rives quand il ralentit.

— Il y a un problème ? demanda le colonel.

— On doit emprunter cette déviation. Sûrement à cause d'un accident… Ne vous inquiétez pas, on récupérera la départementale dans deux kilomètres ! affirma Vlad en tournant la tête vers le colonel au moment où ils croisaient un gendarme.

Des châtaigniers, l'espèce dominante de la contrée, peuplaient un bois en forme de moule. Le colonel s'émerveilla devant un arbre bicentenaire dont la cime pointait à trente mètres du sol. Écologiste avant l'heure, il avait dénoncé dans un article les propriétaires des forges édifiées le long de la Fure et de la Morge qui décimaient les forêts alentour.

Un inconnu, bras écartés au milieu du chemin, barrait le passage. Vlad rangea la Renault à cheval sur un talus. Tout en avançant vers le gars, il lui demanda s'il était de mèche avec Alexis. En guise de réponse, l'homme glissa sa main sous un pan de son imperméable. Vlad comprit qu'il s'emparait d'un revolver juste avant de recevoir un pruneau dans le thorax. Le type s'approcha de la Frégate. Il pointait son arme sur le colonel quand Alexis Boldaïev, surgi du bois, lui fracassa le crâne avec son coup-de-poing américain.

— Venez colonel, son pote ne va pas tarder !

Yvan Wrotsky n'était plus de première jeunesse. Mais une petite escarmouche ne paralyserait pas un militaire qui avait servi dans la cavalerie et chargé l'ennemi sabre au clair !

— Comment ces deux proxénètes ont-ils osé ? enragea-t-il.

— Je ne sais pas, répondit Alexis en déboutonnant l'imperméable de l'asperge. Retirez les manches pendant que je le soulève.

Ils déposèrent le cadavre à l'arrière de la Frégate, puis Alexis enfila l'imperméable par-dessus sa veste, ramassa le revolver et planta le chapeau sur sa tête.

— Cachez-vous derrière les arbres jusqu'à ce que je me sois occupé du deuxième gus, ordonna-t-il.

Le colonel s'était enfoncé d'une dizaine de mètres dans les bois quand le bruit d'un moteur s'intensifia. La suite, il la devina à travers les branchages. Une voiture noire s'immobilisa. Le potiron en descendit, jeta un œil vers Alexis – de dos et faisant semblant d'uriner sur un buisson –, s'agenouilla près du corps de Vlad.

— Mais qu'est-ce qu'il se…

Une balle de 9 mm dans la nuque l'empêcha de terminer sa phrase !

— Ramenez-vous, colonel, et aidez-moi à transporter ce guignol dans sa bagnole ! gueula Alexis.

Ils le coincèrent sur le siège passager et Alexis demanda :

— Vous avez le permis ?

— Non. Pourquoi ? s'étonna Wrotsky.

— Merde ! pesta Alexis.

Il se retrouvait avec trois cadavres, deux voitures et un zéro du volant sur les bras ! Liquider le colonel sur le champ aurait écourté les tribulations. Mais le terme *proxénètes,* associé aux espions, lui posait question. Les réponses nécessitaient un assouplissement du plan initial :

— Donnez-moi un objet personnel avec lequel on pourrait vous identifier. Quelque chose de métallique, comme une alliance ou un étui à cigarettes.

Le colonel dépingla une décoration de son gilet, et Alexis la balança sur le tapis de sol de la Peugeot.

— Maintenant, on met le chauffeur de taxi à l'avant !

Il se glissa ensuite sous le break.

— Que fabriquez-vous ? demanda Wrotsky.

— Je vais incendier la caisse !

Après avoir sectionné la durite d'arrivée d'essence avec son Opinel, il attendit que le liquide se répande sous le châssis pour l'enflammer avec son briquet. Le véhicule brûlait en dégageant une fumée âcre lorsqu'ils rejoignirent la départementale.

Au bout d'un kilomètre, Alexis stoppa la Frégate sur un terre-plein :

— En contrebas de ces arbres, il y a un petit lac. On va s'y débarrasser du gars.

Le colonel contemplait le cadavre sombrer au milieu des joncs, et Alexis braqua le revolver sur sa tempe.

— Expliquez-moi pourquoi ces types en avaient après vous ou je vous descends !

Yvan Wrotsky n'entrait pas dans la catégorie des gens qui parlaient sous la menace, mais le colosse qui venait de lui sauver la peau méritait des éclaircissements :

— Je les ai surpris dans un café en train de baratiner une jeune femme. Je me suis demandé s'ils ne tentaient pas de recruter un espion au sein de notre communauté, mais j'ai découvert qu'ils servaient de rabatteurs à des souteneurs marseillais. J'ai cru les avoir intimidés et qu'ils stopperaient leur trafic. De toute évidence, je me suis trompé !

— D'autres que vous sont-ils au courant ?

— Personne. Je ne souhaitais pas impliquer la police !

Sans s'en rendre compte, le colonel avait prononcé la formule magique censée allonger les espérances de vie.

Ils traversaient Rives lorsqu'il fit cette remarque :

— Vous auriez dû tourner pour aller au château de l'Orgère.

— Quand j'ai dit que je vous amenai chez vous, je parlai de votre nouveau domicile, à l'étranger. Une fois là-bas, faites profil bas.

— Cette escapade est-elle opportune ?

— Vous préférez attendre leurs copains ? ironisa Alexis en prenant la direction de la frontière suisse.

Au fil des kilomètres, son visage gagna en sérénité. Si ses défunts ancêtres tenaient un conseil de famille, ils évoqueraient certainement sa réhabilitation.

2015

Paris, mardi 6 octobre

Pierre Darvaut louait le sous-sol réaménagé en théâtre de poche de la brasserie *Parnasse*. D'habitude, il aimait recueillir les commentaires du public. Mais dès l'arrêt des applaudissements, il rejoignit les loges. Une intense fatigue avait plombé son énergie vers la fin du premier acte et il s'était arraché les tripes pour assurer la représentation. La lassitude de répéter chaque soir le même texte ? De l'inertie dans la mise en scène ? L'accumulation de repas déséquilibrés ? se demanda-t-il en retirant ses richelieus et son costume.

Il ne résista pas à l'envie de se regarder dans la glace. Son crâne rasé et sa bedaine récente lui procuraient une fatuité parfaite pour son personnage d'odieux banquier. Mais sorti de ce contexte, son visage traversé d'une cicatrice – une chute en deux-roues – ressemblait à celui de Frankenstein ! Même si elle était exagérée, cette comparaison le fit frémir. Effrayerait-il la femme de ses rêves si elle le croisait dans une rue sombre ?

En enfilant son jean et une chemise propre, il considéra qu'il ne retrouverait pas la ligne en allumant un cierge ! « Quand il avait un vrai boulot ! », selon son père, il consacrait le mardi soir à la pratique de la natation, le samedi matin à celle du tennis. Et maintenant qu'il disposait de ses journées, il les passait sur Internet. Il y dénichait les laveries souterraines spécialisées dans le blanchiment de l'argent sale, traquait les véritables bénéficiaires des théories du complot propagées par des demeurés qui croyaient que la Terre était plate et gouvernée par des reptiliens !

Pour en revenir à ses kilos superflus, il se motiverait en s'écrivant un rôle de freluquet paré d'une longue mèche de cheveux !

Il lassa ses baskets, rangea ses habits de scène dans la petite penderie réservée à son usage et enfila son blouson de cuir avant de grimper au premier étage. Il laissa traîner sa main sur la porte blindée du logement de la patronne et s'engagea dans le couloir desservant les locaux administratifs.

Il reprit son souffle avant de pénétrer dans la seule pièce éclairée.

Tassée dans un confortable fauteuil à roulettes, Claire Daumier, une quinquagénaire vêtue d'un tailleur beige, se redressa en l'apercevant.

— Le public était au rendez-vous, ce soir, lança Pierre.

— Beaucoup d'invitations. Peu d'entrées payantes ! nuança-t-elle en déverrouillant le coffret-caisse métallique posé sur son bureau.

Elle en retira une enveloppe, la lui tendit. Pierre l'ouvrit…, et manifesta sa déception. Neuf personnes s'étaient délestées de dix euros. Si les recettes ne couvraient pas le cachet des deux autres comédiens, il complétait de sa poche pour leur assurer un minimum décent. Douze années au sein d'une agence de publicité lui avaient procuré un deux-pièces, un scooter, une épargne suffisante pour tenir quatre à cinq ans, un temps raisonnable pour percer. Il avait alors trente-cinq ans, un pécule et de l'ambition ! Mais les années avaient défilé à la vitesse de la lumière, le bas de laine avait fondu comme une glace à l'italienne, la reconnaissance tardait à s'exprimer et ses prétentions jouaient aux montagnes russes. Des journalistes l'avaient submergé de commentaires élogieux après la première, mais aucun article de presse n'avait confirmé leur enthousiasme. Les mardis n'avaient jamais rameuté les foules, se rassura-t-il.

Il traversa le hall du théâtre et poussa la porte vitrée à doubles vantaux qui communiquait avec le café. Assis sur des banquettes ou des chaises recouvertes de skaï rouge, des spectateurs poursuivaient la soirée autour d'un verre. Certains jetaient un œil aux tableaux d'un peintre contemporain accrochés sur un mur de la salle. Ils lui adressèrent un sourire bienveillant pendant qu'il zigzaguait entre les tables sans apercevoir la jolie brune avec qui il avait discuté pendant l'entracte. Elle était venue pour la troisième fois et avait engagé la conversation sans cacher son attirance envers lui. Avait-il lâché une remarque désobligeante ? Elle ressemblait à la fille avec qui il avait vécu pendant six ans, du temps où il travaillait dans la pub. Ils s'entendaient sur des tas de domaines, mais il ne supportait plus d'aligner des phrases chocs destinées à appâter le chaland et avait fini par prioriser ses projets personnels. Évidemment, son train de vie était descendu en flèche, ce qu'elle n'avait pas accepté. Depuis, il surfait dans l'instabilité chronique. N'avoir personne avec qui partager ses coups de blues était certains soirs difficile à encaisser.

Il rejoignit ses deux compères assis au bar. Hannah et Jean-Luc, les interprètes du jeune couple en bisbille avec le banquier, étaient également endettés dans la réalité. Contrairement à lui, ils filaient le parfait amour dans une chambre de bonne et ne détenaient pas un bas de laine dans lequel puiser pour s'acquitter des factures. Il leur donna l'intégralité de la recette, ajouta les trente euros qui traînaient dans son portefeuille et s'excusa en leur promettant une rallonge pour le lendemain.

Après leur départ, il éprouva l'envie de s'abrutir. Il réclama une pression, mais la serveuse, une étudiante payée trois francs six sous, voulut encaisser avant de la débiter. La maison offrait deux consommations aux comédiens. Pas plus !

Il récupéra deux euros et soixante centimes dans l'ourlet de son blouson et marchanda sans succès. Qu'elle ait besoin de cet emploi et craigne de déroger aux règles fixées par la patronne, il le comprenait. Néanmoins, il lui rappela qu'à une époque pas si lointaine les limonadiers traitaient les artistes avec plus d'égards.

Perché sur un tabouret, un homme avec une queue de cheval commanda deux bières. Il s'entoura le cou d'une écharpe blanche et s'empara d'une canette :
— L'autre est pour toi. Je sors fumer.

Pierre s'apprêtait à le remercier, mais le type se dirigea vers la porte. Sa chevelure d'ébène descendait jusqu'au milieu du dos. Son manteau noir en cuir flottait à quelques centimètres du sol, comme celui d'un sorcier maléfique. Un grand sorcier d'un mètre quatre-vingt-quinze ! nota Pierre en empoignant la Leffe posée sur le zinc.

Il le retrouva attablé en terrasse. Le tumulte du boulevard remplaçait le brouhaha de la salle. Le silence avait déserté la Ville lumière, reprocha Pierre.

— Merci pour la bière, dit-il en s'asseyant.
— Avoir soif sans liquide à portée de main est un supplice ! blagua le type.

Il désigna son paquet de cigarettes :
— Sers-toi ! Je m'appelle Sacha.
— Moi, c'est Pierre.
— J'ai apprécié ta pièce, Pierre. Bien jouée. Du rythme. Tu maîtrises le sujet, mais multiplies les termes techniques. Si l'on ne travaille pas dans la finance, on est vite paumé et on risque de s'endormir. Comme toi, avant le deuxième acte ! Le message gagnerait de l'impact si tu étoffais tes répliques humoristiques.

Pierre frissonna. En dehors d'avoir probablement raison, ce critique de comptoir était-il en train de le draguer ? Il n'avait jamais croisé une telle féminité chez un homme. Des traits fins et équilibrés, un nez qui pointait vers le haut, des lèvres pulpeuses, mais dépourvues de vulgarité, le tout enveloppé d'une mélancolie contagieuse. Une beauté remarquable ! résuma-t-il.

Il ne pouvait détourner son regard du visage de Sacha. Ses yeux aimantés, d'un bleu azuréen, l'attiraient comme de la limaille. Seule sa voix, grave et ferme, rappelait que Sacha participait du sexe fort.

— Tu viens souvent au Parnasse ? demanda Pierre pour entamer un brin de conversation avant de s'éclipser.

— Je ne m'aventure pas dans ce coin. Mais ce soir, j'avais envie de faire découvrir un lieu d'expression artistique à mes anges gardiens.

Pierre ressentait un malaise. Il élimina la tension en plaisantant :

— Tu t'es échappé de prison ?

— On peut le dire comme ça. Le temps de ta représentation !

Sacha dirigea son index vers une Ford grise garée de l'autre côté du boulevard Montparnasse.

— Tu vois les deux hommes à l'intérieur de la voiture ? Ils tirent sur leurs clopes tout en me surveillant !

Pierre se demanda comment il pouvait distinguer des gens à cette distance, encore moins s'ils fumaient. Mais qu'à cela ne tienne :

— Ils vont venir t'arrêter ?

— Pour le moment, la DGSI se contente d'observer si je confie mes secrets à un inconnu.

— Tu m'as donné le début d'un polar ! se moqua Pierre. Quel métier exerces-tu, Sacha ?

— Drag Queen !

Pierre avala sa salive à plusieurs reprises, il essayait de se représenter le type assis en face de lui, tout droit sorti d'une secte gothique, habillé en femme. Il le fit répéter et Sacha confirma sa participation à des fêtes organisées chez des personnalités dont il ne pouvait révéler les patronymes.

— La semaine dernière, je m'exhibais chez un magnat de l'industrie. Crois-moi, le gouvernement sauterait si je dévoilais leurs noms.

— Mais c'est dangereux comme fréquentations. Tu as dû côtoyer des secrets d'État ou je ne sais quelle machination !

— La zone d'ombres dans mon parcours, lorsque je travaillais à la chambre noire.

— Tu es un spécialiste des plaques de cuivre argentées ? s'intéressa Pierre.

— Non, sourit Sacha. J'ai mentionné une pièce dans un manoir où des dévoyés laissent libre cours à leur imagination ! Un employé appuyait sur le déclencheur d'un appareil numérique. Moi, je me contentais de participer. Mais j'ai copié suffisamment de fichiers pour provoquer un scandale international. J'ai froid. On rentre ?

Sacha se dirigea vers une table inoccupée, et sortit un billet de vingt euros de son portefeuille :

— Si tu veux la trame de ton roman, rapporte-nous deux Leffe.

Les confidences de fin de soirées venaient de muter en atelier d'écriture.

Sacha, dos à la véranda, fit signe à Pierre de s'asseoir en face de lui.

— Ils sont bien équipés, mais on ne va pas leur mâcher le travail ! lâcha-t-il en tournant la tête vers la Ford.

Il avala une gorgée avant de reprendre :

— Ces documents me protègent.

— De quoi ? fit Pierre.

— De me retrouver pendu à un réverbère, comme si j'avais mis un terme à ma vie. Non seulement je les tiens, mais je vais recevoir une pension en échange de mon silence.

— Une retraite de drag queen ? s'esclaffa Pierre.

— Je bosse pour l'éducation nationale ! déclara Sacha d'un ton solennel.

Pierre écarquilla les yeux. Le type assis en face de lui, un panaché de danseuse du Lido et de bandit de western, ferait partie du corps enseignant ?

— Tu leur apprends quoi, aux écoliers ? demanda-t-il en essayant de garder son sérieux.

— Le russe. Je suis resté deux ans dans un lycée grenoblois. Mais j'encaisse toujours ma paye d'agrégé.

— Ce cirque dure depuis longtemps ?

— Une trentaine d'années. Et j'en ai ma claque. La semaine prochaine, je vais rejoindre mon compagnon en Amérique du Sud. On disparaîtra tous les deux dans la pampa ! Mais avant, j'irai expliquer à Manon pourquoi je me suis tenu éloigné d'elle… Je suis son père ! précisa Sacha.

Noyé dans ce flot d'informations, Pierre tenta de raccrocher les wagons : durant ces trente dernières années, un professeur de russe sans aucun élève, surveillé par la DGSI et déguisé en drag queen se produisait devant un parterre de nantis. Il avait une fille, ne l'avait jamais vue et traverserait bientôt l'Atlantique pour retrouver son amant.

Sacha se rendit au bar. Il en rapporta des munitions :

— Pour alimenter tes réflexions, dit-il en déposant une canette devant Pierre. Je ne sais si c'est la bière, mais j'ai chaud, tout à coup !

Il retira son manteau avant de se rasseoir. Le regard de Pierre s'attarda sur sa chemise violette brodée de fil doré. Sacha s'en amusa :

— Un cadeau de mon ami, pour mes cinquante ans !

— Mais quel âge as-tu, Sacha ?

— Cinquante-six !

Difficile à croire, pensa Pierre. Il en paraissait quarante. Masquait-il ses rides avec un maquillage réservé aux services secrets ?

— Et ta fille ?

— Manon a trente et un.

— Dans quel domaine travaille-t-elle ? demanda Pierre en espérant qu'elle ne côtoie pas le monde obscur de son père.

— Le journalisme. Elle vivait avec sa mère, dans le Territoire de Belfort. Mais elle a terminé ses études et vole désormais de ses propres ailes.

Ses mocassins martelant les carreaux en grès de la véranda, le cerveau de Pierre moulinait à vide. Il ne saisissait pas à quoi rimait cette couverture de professeur de langue. Sacha déclara qu'elle était crédible : d'origine russe, il avait obtenu l'agrégation les doigts dans le nez. Il ajouta avoir émaillé son parcours d'épisodes moins sombres, comme lorsqu'il avait organisé des spectacles dans le cadre d'une association grenobloise.

Mais un autre point turlupinait Pierre :

— La chambre noire, c'est du pur mytho ?

— Non, Pierre. Ce manoir en Sologne accueille des séminaires d'entreprises. Les participants peuvent profiter de nombreuses installations sportives et d'un concert de musique classique après le dîner. Mais certains jours, la soirée se termine en partouze géante. Je nomme l'endroit comme ça à cause des photos et des vidéos. Le père de l'actuelle propriétaire avait aménagé le sous-sol d'une dépendance en dancing. Ceux qui souhaitent s'isoler y disposent d'alcôves, toutes équipées de caméras.

Pendant la demi-heure suivante, les questions fusèrent dans tous les sens. Sacha répondit à la plupart, mais éluda d'une main dressée celles qui exhalaient une odeur de soufre.

Il se leva brusquement, comme si un danger planait au-dessus de sa tête.

— Ça m'a fait plaisir de parler avec toi, Pierre. Mais je dois rentrer. Si tu as envie d'écrire sur ce milieu, appelle-moi avant mon exil ! Voici ma carte de visite.

Entre une plage de sable fin et un ciel sans nuage, « Alexandre Gribois » inscrit en lettres rouges se détachait sur une mer turquoise.

— Tu te prénommes Sacha ou Alexandre ?

— Dans ma branche, la vie réelle et la scène se confondent au point d'y perdre ses racines !

2

Pierre démarra son scooter et se dirigea vers la Seine. Il s'évertuait à se concentrer sur la conduite du deux-roues, mais les propos d'Alexandre résonnaient sous son casque. Sacha – ou plutôt Alexandre ! – était-il l'affabulateur d'une soirée arrosée ? Ou bien lui avait-il révélé un de ces scandales à faire trembler les gouvernements lorsqu'ils éclataient au grand jour ? Malgré le peu de circulation, il faillit s'encastrer dans une voiture qui freinait à l'orange !

Rentré chez lui, il alluma son ordinateur et tapa *Alexandre Gribois – drag queen* sur la page d'accueil de Google. Cette recherche n'aboutissant pas, il remplaça *Alexandre Gribois* par *Sacha* et ouvrit *Queen.Sacha.com*, le site apparu en tête de liste. Un portrait s'afficha sur l'écran. Malgré le maquillage exubérant, Pierre reconnut son visage. Il cliqua ensuite sur *images*. Accoutré de tenues extravagantes, Alexandre s'exhibait sur des scènes de music-hall, des chars de carnaval, des plateaux de défilés de haute couture ou dans des lieux anonymes. Les légendes afférentes décrivaient plusieurs formules de prestations dont les tarifs variaient du simple au double. Il prenait part à des évènements officiels et à des soirées privées ; l'onglet *contact* permettait aux clients potentiels de laisser leurs coordonnées.

Pierre n'en revenait pas. En moyenne, ce type gagnait à chacune de ses performances trois fois l'équivalent du SMIC !

D'une modestie remarquable quant à sa notoriété de drag queen, Alexandre avait dit la vérité sur son travail. Pour le reste – une histoire incroyable dans laquelle les services secrets français, l'éducation nationale et les édiles du pays couvraient ses activités dans un club de rencontre olé olé –, le doute persistait.

Les détails risquant de perdre leur fraîcheur au fil des heures, Pierre nota l'intégralité des propos d'Alexandre et imprima quelques photos avant d'aller se coucher.

Sommeil tourmenté par des rêves habités de super-héros en panique. Le dernier le réveilla en sursaut. De leur base lunaire, des militaires chinois armés d'arcs galactiques décochaient des missiles nucléaires sur les plus prestigieux centres culturels parisiens. Dressé sur le plancher de son scooter à réaction, Pierre fonçait de salle en salle les intercepter avec une chistera géante avant qu'ils ne touchent leur cible. Il les renvoyait méthodiquement à l'expéditeur, mais une ogive plus vicieuse que les autres se sépara en plusieurs parties. Les débris du Palais de Chaillot et de la Déclaration universelle des droits de l'homme se dispersèrent au-dessus de la capitale, des amanites hypertrophiées arborant un sourire narquois recouvrirent les édifices de la ville.

Une douche chassa les retombées de ce cauchemar. Il mit la cafetière en route et se prépara des œufs au plat avec du bacon.

Il déjeunait sur la table basse du séjour en écoutant France Info quand le journaliste annonça qu'un incendie perturbait la circulation dans la rue Boissonade. Saisi d'un mauvais pressentiment, Pierre se précipita vers le secrétaire adossé contre la cloison du couloir. Il s'empara de la carte de visite : l'adresse d'Alexandre Gribois correspondait à celle mentionnée dans le reportage.

Pierre tournait en rond, dans le salon comme dans sa tête. Il voulait appeler Alexandre pour prendre de ses nouvelles, mais était-ce une bonne idée de reparler avec ce type qu'il avait rencontré pour la première fois la veille ? Alexandre lui avait raconté une série d'évènements abracadabrants. Le seul fait avéré concernait sa renommée professionnelle. Cela dit, son immeuble avait pris feu. Une drôle de coïncidence !

Qui l'amena à composer le numéro d'Alexandre. Le répondeur se déclencha après cinq sonneries et la voix grave d'Alexandre proposa de laisser un message.

— Bonjour, c'est Pierre. On a discuté hier soir en buvant des bières. Je viens d'écouter la radio. L'incendie a-t-il eu des conséquences pour toi ? Tiens-moi au courant.

Pierre raccrocha, lui envoya un texto au contenu similaire, et se rendit sur son site Web. Avant sa nuit agitée, il l'avait parcouru en diagonale, sans obtenir de renseignements différents de ceux déjà en sa possession. Ce matin, il le consulterait de long en large. Il cliqua sur l'intitulé, mais la connexion Internet s'interrompit d'un coup. Il éteignit et ralluma le boîtier quatre fois de suite, et se résolut à appeler l'opérateur. Son smartphone grésilla pendant qu'une musique synthétique saturait ses tympans. Sale journée pour les hautes technologies, pensa-t-il en attendant que le standard daigne l'aiguiller vers le service compétent.

Un technicien viendrait vers midi. Pierre regarda l'horloge de la cuisine. Dix heures et quart, et Alexandre n'avait toujours pas répondu à ses messages. Il avait le temps de passer à son domicile. Il décrocha le blouson, le casque et les gants suspendus au porte-manteau et claqua la porte.

Des gardiens de la paix bloquaient la rue Boissonade. Pierre arrima son scooter à un panneau de signalisation, et marcha vers le logement d'Alexandre. Une centaine de mètres plus loin, les habitants des immeubles adjacents, évacués par mesure de précaution, et les badauds friands de catastrophes s'agglutinaient derrière un cordon de sécurité. Déterminé à se rapprocher, il se fraya un chemin en jouant des coudes, et tomba sur une rangée de barrières. Il essaya de les contourner, mais des policiers rabrouaient les tentatives d'infiltration. Il glissa ses pieds entre les barreaux et les fit reposer sur la partie inférieure du cadre. La vingtaine de centimètres gagnée lui procura un meilleur aperçu de la situation. Apparemment, il arrivait après la bataille. Les employés du gaz et les pompiers ralliaient leurs camions ; les agents municipaux balayaient les éclats de verre projetés dans la rue.

Une cinquantenaire boulotte parée d'une blouse grise s'exprima d'une voix forte sans s'adresser à quelqu'un en particulier :

— Ils vont nous laisser rentrer chez nous. C'est pas trop tôt !

Pierre se tourna vers elle :
— Vous habitez le 21 ?
— J'en suis la gardienne.

Impatiente de rejoindre sa loge, son regard allait d'un policier à l'autre en attendant qu'ils retirent les barrières.

— Vous parlez d'une histoire, enchaîna-t-elle. Un vrai feu d'artifice avec de la fumée dans la cage d'escalier. Ça courait de partout en hurlant. Un sacré bazar ! Heureusement, la plupart des résidents étaient partis travailler. À part celui de la cheminée.

— La cheminée ? s'étonna Pierre.
— Le cube sur le côté gauche du toit-terrasse, indiqua-t-elle de la tête. D'ici, on dirait un bateau !
— Vous connaissiez la victime ?
— Monsieur Gribois. Un grand type aux cheveux longs. On l'apercevait rarement. Fallait voir ses horaires ! Il partait dans l'après-midi et rentrait au petit matin. Remarquez, il était discret. Mais ses tenues bizarres donnaient la pétoche. Même s'il n'a jamais créé de problème, on s'en méfiait !

Pierre lui montra une photo d'Alexandre.
— Ressemble-t-il à ce gars ?
— Je ne l'ai jamais vu attifé de la sorte ! Mais c'est bien lui. Vous êtes un de ces amis ? s'inquiéta-t-elle.
— Ma maison d'édition l'employait comme traducteur. La déflagration aurait pu détruire l'immeuble ! changea-t-il de sujet avant de s'empêtrer dans son mensonge.
— Monsieur Gribois avait entreposé des cartouches de camping-gaz dans son appartement. Pourtant, il n'était pas

du genre à planter une tente dans un camping ! D'après les gars d'ENGIE, le gaz se liquéfie si on les stocke à l'horizontale. Une étincelle suffit à les faire exploser. Je me demande ce qu'elles faisaient chez lui ces cartouches !

 Vers onze heures, le personnel de la voirie se retira et les gardiens de la paix autorisèrent les habitants à rejoindre leurs logements. Les automobilistes calés sur leurs starting-blocks, un agent signala à Pierre de bouger. Il se dirigea vers son scooter et resta un moment assis sur la selle, indécis quant à la pertinence d'informer la police. Qu'avait-il à raconter ? Les propos invraisemblables tenus lors d'une discussion imbibée d'alcool par un collectionneur de cartouches de gaz habillé en vampire ? Ses doutes dépourvus de fondement sur les causes de son décès ? S'il croisait un commissaire mal luné, il finirait en garde à vue. Certes, sa box était tombée en rade et son téléphone émettait un bruit de fond désagréable, le lendemain de sa rencontre avec Alexandre ! Sa méfiance épidermique lui hérissait les poils à juste titre, mais il se retrouverait à Sainte-Anne s'il ne la bouclait pas !
 Cela dit, les paroles de la gardienne résonnaient comme un avertissement : « Monsieur Gribois n'était pas du genre à planter une tente dans un camping ». Pourtant, il avait stocké suffisamment de cartouches de gaz dans son logement pour le réduire en puzzle. Pierre démarra son Piaggio. Dans une demi-heure, il avait rendez-vous avec un technicien de Free.

3

Romain Favre n'était ni gros, ni maigre, ni beau, ni moche, ni grand, ni petit, ni lâche, ni téméraire. Comment décrire un gars dont l'ensemble des caractéristiques se situe dans la moyenne ? L'année de leurs seize ans, sa correspondante anglaise lui avait demandé à quoi il ressemblait. Par honnêteté, il avait renoncé à enjoliver sa présentation, mais avait agrémenté son invitation à venir en Normandie pour les vacances par une photo. Debout sur les pédales de son vélo, alors que tombaient des trombes d'eau, il regardait l'objectif en tirant la langue. Sans réponse de sa part, il considéra qu'elle avait trouvé un autre correspondant dans une région plus ensoleillée.

Il avait créé une société de sécurité informatique, quatre ans auparavant. Bien qu'il aimât son boulot, il ne parvenait à se lier avec ses confrères ou ses clients. Les films policiers en noir et blanc des années quarante phagocytaient ses soirées. De quoi passer pour un anachronique auprès des jeunes de son âge. Sans tendre vers la morosité, il n'osait partager les jeux de mots et l'humour décalé qui lui traversaient l'esprit. Bref, ce type transparent dépourvu d'histoires palpitantes à raconter menait une vie affective d'une platitude absolue.

Néanmoins, ses compétences étaient reconnues et il inspirait confiance. Le mois précédent, il avait remporté l'appel d'offres d'une enseigne de vêtements, ce qui l'avait amené à recruter Abdel Houari, en deuxième année de BTS. Ce job en alternance permettait à Abdel de financer ses études, et à Romain d'échapper aux charrettes interminables.

Dans la matinée, ils avaient posé des caméras de surveillance IP et installé une connexion VPN pour sécuriser le réseau. Le chiffrement du flux wifi des données Internet constituait le haut du pavé des technologies anti-piratage. Romain souhaitait lancer une vérification du système, mais l'air pressé du vigile l'en dissuada. Le gars leur laissait cinq minutes pour débarrasser le plancher. Ils rangèrent le matériel dans une malle sur roulettes, enfilèrent leur manteau et sortirent du bâtiment.

Romain proposa à Abdel de rapporter la fourgonnette au local. Il était dix-neuf heures trente-sept. Dans une cinquantaine de minutes, il reverrait la pièce de théâtre écrite par son ami Pierre. Il avait assisté à la première et lui avait promis de revenir afin de commenter ses dernières modifications.

En attendant le lever de rideau, il patienta en fumant plusieurs cigarettes sur le parvis de la tour Montparnasse. Sans les dévisager, il examina la démarche des passants, leur façon de s'habiller, s'imagina le programme de leur soirée. Certains se précipitaient à coups sûrs vers un rendez-vous amoureux ; d'autres se réjouissaient d'une probable ripaille entre potes ; les désarmés du relationnel, comme lui, se retrouveraient avec leur télécommande, un verre de vin à portée de main. Quoiqu'il en soit, les restaurants et les cinémas du quartier se rempliraient, approuva-t-il. Quand s'était-il affalé pour la dernière fois devant un écran panoramique après s'être tapé un bon gueuleton ?

Il contemplait le portrait géant de Scarlett Johanson apposé sur la façade du Gaumont quand le temps changea sans prévenir. Le ciel sans lune déversait des gouttes épaisses sur la capitale. Il remonta la capuche de son duffle-coat et se dirigea vers la station RER de Port-Royal. Les piétons pressaient le pas ou bien tentaient de s'abriter sous des porches, mais tous appelaient de leurs vœux une éclaircie proche et durable. Romain aimait marcher sous la pluie.

Comme tant d'autres cafés parisiens, le Parnasse empiétait sur le trottoir avec sa véranda et sa demi-douzaine de tables installées en extérieur. Romain s'immobilisa devant l'affichette placardée près de l'entrée et relut plusieurs fois le nom de l'auteur. C'est mon ami d'enfance ! faillit-il crier à la face du monde.

Il poussa la porte, chercha Pierre des yeux. Un couple de touristes japonais, appareils photo dernier cri en main, essayait de capter l'atmosphère du quartier malgré les gouttes qui ruisselaient sur les vitres. N'osant leur conseiller d'acheter des cartes postales, il se faufila entre une bande de soiffards soudés au comptoir et un alignement d'étudiants affalés sur les banquettes. Pierre avait dû rejoindre sa loge, pensa-t-il. Tant pis, ils se verraient après le spectacle. Il traversa le hall et se procura un billet avant de descendre au sous-sol.

Avec ses tables de bistrot, la cave voûtée ressemblait plus à un club de jazz qu'à une salle de théâtre. Elle pouvait accueillir une soixantaine de personnes, mais la plupart des sièges étaient inoccupés. Romain s'installa près de l'escalier en pierres. Une serveuse vint aussitôt prendre la commande. Les lois du commerce n'avaient aucun scrupule avec la culture, s'irrita-t-il.

Les lumières déclinèrent, le rideau se leva et les comédiens déclamèrent leur texte dans un décor minimaliste : un bureau, un fauteuil pivotant, deux chaises rembourrées.

Romain dégusta un cocktail à base de rhum tout en buvant les répliques des trois acteurs. Il scrutait leurs gestes, leurs regards, leurs mimiques, s'émerveillait de leur complicité. Même s'il était concentré sur son rôle, Pierre semblait fatigué. Il avait changé depuis leur dernière rencontre. Il avait rasé ses cheveux, portait une barbe de dix jours, avait pris du ventre. Un abus de bière, estima Romain en finissant son verre. Mais il dégageait une présence impressionnante et Romain ressentit l'envie de partager avec lui une nouvelle aventure rocambolesque.

Ils avaient fait connaissance durant l'été 1991. À l'époque, les Favre résidaient à Quévreville, un village près de Rouen où Pierre et sa mère passèrent les grandes vacances deux années d'affilée. Pierre avait treize ans, Romain onze. Un écart de deux ans presque insurmontable à ces âges-là, tant les centres d'intérêt différaient. Romain collectionnait des images de footballeurs quand Pierre lançait aux filles des regards appuyés. Ils s'étaient néanmoins rapprochés, au point de se voir tous les jours. Les activités dédiées aux mômes étaient en berne à Quévreville ! Mais Pierre débordait d'assurance et d'imagination. Entre deux balades casse-cou sur leurs vélos, il échafaudait des histoires de trésors cachés, de princesses à délivrer, de meurtriers à démasquer. Romain faisait son possible pour endosser le rôle du docteur Watson.

La serveuse se rappelant à son bon souvenir, il recommanda le même cocktail. Durant le deuxième acte, l'alcool produisit son effet, il s'endormit sur son siège.
Les applaudissements du public le réveillèrent.
Le silence rétabli, Pierre présenta les comédiens avant d'aller saluer la vingtaine de spectateurs présents dans la salle. La plupart suivaient son parcours et il espérait fidéliser les nouvelles têtes.
Il rejoignit Romain :
— Un programmateur souhaite discuter avec moi. On se retrouve à la pizzeria d'ici un quart d'heure ?
Romain aurait pu s'offusquer d'être déplacé comme un bibelot sur une étagère, mais il connaissait la musique, les impératifs du boulot prédominaient sur tout le reste.
— Je vais aller marcher en t'attendant.

Des senteurs de sauce tomate, de fromage fondu, de charcuterie grillée imprégnaient le lieu. Les clients, nombreux, ponctuaient leurs bavardages d'éclats de rire. Romain supputait qu'ils étaient venus dîner après une séance de cinéma.
Il aperçut Pierre, attablé près du four à bois. En le rejoignant, il ressentit une chaleur suffocante et s'empressa de retirer son manteau.
Ils commandèrent et Pierre lança :
— Tu as aimé les changements ?
Romain l'avait trouvé en petite forme. Il souhaitait lui en demander la cause, mais le bulletin de santé attendrait :

— La mise en scène s'est fluidifiée, les dialogues s'enchaînent avec plus de naturel !

Le théâtre ne soulevait pas son enthousiasme, mais il possédait suffisamment de culture générale pour apprécier la prestation à sa juste valeur.

— Cela dit, tu as conservé tes digressions sur la banque centrale européenne, les dividendes octroyés aux actionnaires, les paradis fiscaux. Par moment, j'avais l'impression d'assister à un cours d'économie !... J'ai décroché pendant la deuxième partie.

Pierre éclata de rire :

— Je ne me moque pas de toi, Romain ! Je rigole parce que tu es la deuxième personne à me le dire en vingt-quatre heures. Il doit y avoir du vrai !

— Ton programmateur, ça a donné quelque chose ?

— Du vent ! J'aime beaucoup ce que vous faites, on vous écrira. Par contre, hier, j'ai rencontré un allumé version chalumeau !

Pierre se demanda s'il ne s'était pas avancé à la légère. Mais le regard empathique de Romain et ses oreilles dressées comme en attente du nouvel épisode d'une série culte l'amenèrent à continuer :

— Après la représentation, j'ai discuté avec un beau mec, grand, cheveux longs, le genre androgyne ! Lorsqu'il a compris que je n'irai pas le dorloter sous sa couette, il m'a balancé une multitude de bobards pour avoir de la compagnie !

Pierre restitua l'intégrabilité de leurs propos.

— Cette histoire s'apparente à du délire, dit Romain, le front crispé par tant d'informations incroyables.

— On ne côtoie pas tous les jours un personnage aussi fantasque, approuva Pierre. Son véritable nom est Alexandre Gribois. Mais quand il monte sur scène, il se fait appeler Sacha. En faisant des recherches sur Internet, je suis tombé sur un site qui lui est consacré. Des photos le montrent en train de s'exhiber comme une danseuse du Moulin Rouge !

Pierre sortit de sa poche une feuille de papier. Il la déplia et la tendit à Romain. Dans un cabaret, deux hommes gambillaient sur une estrade au milieu des confettis et des guirlandes. Parés d'habits dignes du Carnaval de Rio, ils animaient la soirée du Nouvel An.

— Alexandre, c'est celui de gauche, indiqua Pierre.

— Voilà qui remet en cause la thèse des bobards, non ?

— Ce qui me turlupine ! Si ça se trouve, le type de droite est son petit ami dont il m'a parlé. Tu peux embarquer la photo, je l'ai tirée en plusieurs exemplaires.

Romain faillit lui en demander la raison, mais il se contenta de la replier pour la ranger dans sa poche pendant que Pierre consultait un SMS.

— J'ai oublié mon casque au théâtre. Ils ferment dans dix minutes ! Pardonne-moi, Romain, je dois y aller, dit-il en sortant un billet de vingt euros de son portefeuille.

— Laisse, Pierre. C'est pour moi. Je vais prendre un dessert.

— Les prochains jours, mon agenda déborde. Ça va être compliqué de se voir. Appelle-moi mercredi matin. Nous déjeunerons chez moi. Si tu es partant, on approfondira le mystère de la chambre noire ! sourit Pierre. Tchao et merci pour la pizza, dit-il en l'embrassant.

Romain commanda un tiramisu. Finir ce repas en solitaire était loin de combler ses espérances, mais il ne lui en voulait pas. Pierre attirait les imprévus comme du miel les guêpes. Une semaine après leur première rencontre, lors de ces vacances d'été, ils étaient rentrés à vingt-trois heures. Pierre s'ennuyait à refaire la même balade et l'avait entraîné dans une quête historique. Ils devaient trouver la tombe de Richard Cœur de Lion dans les souterrains interminables du Château Gaillard, une ruine dominant la Seine à trente kilomètres de Quévreville. Ayant égaré sa montre la veille – il avait oublié de s'en vanter – Pierre avait perdu la notion de l'heure. Il avait assumé les remontrances et en avait pris pour son grade. Tous les deux promirent de ne plus recommencer, mais, le lendemain, leurs coudes et leurs genoux en sang, ils ressemblaient à des accidentés de la route. Pierre avait fabriqué un tremplin avec des planches récupérées dans la remise d'un voisin. Le concours de saut à bicyclette avait laissé des traces ! Oui, ils s'étaient bien marrés ! sourit Romain en glissant un billet de cinquante sous la note.

4

Madeleine, Pierre et René Darvaut avaient dîné vers dix-neuf heures. René avait chorale, sa grande passion maintenant qu'il avait pris sa retraite. Il ne serait arrivé en retard à une répétition pour rien au monde.

Pierre aida sa mère à débarrasser. Madeleine avait abandonné son métier d'infirmière libérale après sa naissance. Poursuivre ses consultations l'aurait amenée à rentrer à pas d'heure, ce qu'elle avait jugé incompatible avec une vraie vie de famille. Sans ses encouragements, Pierre aurait renoncé à s'inscrire à la Sorbonne. René s'était fâché. Dans sa tête, Pierre reprendrait la pharmacie. Madeleine ne voyait pas son fils distribuer des crèmes et des pilules du matin au soir. Sa plaidoirie l'avait emporté et René avait fini par accepter leur décision.

Pierre s'apprêtait à sortir de la cuisine, mais Madeleine le retint par le bras :

— Maintenant que ton père est parti, dis-moi ce qui te préoccupe.

— Mais rien, maman.

— Tu es resté muet pendant les trois-quarts du dîner !

Madeleine avait raison, il avait maintenu une distance inhabituelle à force de ruminer les évènements de ces derniers jours. S'il en parlait à ses parents, ils le considéreraient comme un fou.

— J'ai rencontré une jeune femme, improvisa-t-il. Elle me plaît et c'est réciproque, mais elle vit avec un gars. Ils ont un gamin, je ne sais quoi faire.

Il s'attendait à une leçon de morale interminable, mais Madeleine refoula son laïus sur les briseurs de couples, les changements déstabilisants pour les enfants, les dépenses supplémentaires induites…

— La majorité de ceux qui évaluent leur parcours constate que la sagesse a détruit leurs rêves ! Excuse-moi, Pierre, mes articulations me travaillent. J'ai besoin de m'allonger. Bonne nuit.

Pierre se demanda si elle entamait un nouvel épisode dépressif. Madeleine avait attrapé la maladie de Lyme et avait renoncé à ses grandes promenades en forêt. À la place, elle écrivait des poèmes dans lesquels projets rimaient avec regrets.

Après avoir emprunté un roman de Donald Westlake dans la bibliothèque, Pierre rejoignit sa tanière d'adolescent, un studio indépendant dans le prolongement du garage que Madeleine s'était approprié. C'était de bonne guerre, pensa-t-il en poussant la porte. En préparant son déménagement à Paris, il avait rassemblé dans des cartons les posters de ses groupes de rock préférés, ses maquettes d'avions de chasse, ses bandes dessinées, et avait déposé le tout à la déchetterie. Madeleine lui avait demandé ce qu'il lui prenait, et il avait répondu qu'il en avait terminé avec ces gamineries. Comme les parents ont horreur du vide, Madeleine y avait installé son bureau. En dehors de s'adonner à la poésie, elle y stockait des vieilleries qu'elle comptait restaurer. Un jour…

Pierre se coucha. Au bout d'un chapitre, ses paupières s'alourdirent. Il éteignit la lumière, mais la vision d'Alexandre réduit en cendres l'empêcha de s'endormir.

Quitte à passer une nuit blanche, autant mettre de l'ordre dans ses idées. Il alluma l'ordinateur de sa mère et créa une page Word.

Il pointa son nez dans la cuisine en fin de matinée. Il avait prévu de se lever à neuf heures, mais n'avait pas bronché lorsque l'alarme de son téléphone avait retenti.

— Tu avais besoin de récupérer, lui dit Madeleine en voyant ses yeux cernés. Tiens, installe-toi, le café est chaud, il reste de la brioche.

— Je suis pressé, maman. Je dois poster une lettre.

— Donne-la-moi. Je la déposerai en allant commander ton gâteau préféré.

Un framboisier au mascarpone ! saliva Pierre en lui tendant une enveloppe.

— Comme ça, tu pourras aider ton père. Il galère avec la cabane de jardin qu'il a achetée en kit. Mais commence par prendre ton petit-déjeuner, prescrit Madeleine en enfilant ses gants.

Sa mère partie, Pierre palpa la poche arrière de son pantalon. Elle contenait une copie du courrier destiné à Romain. Il avait pensé l'envoyer au Canard enchaîné, mais s'était abstenu. Elle finirait dans le panier à ragots ! Dès son retour de Lyon, il se rendrait dans leurs locaux. Avec un peu de chance, un journaliste accepterait de le rencontrer. Sinon, il continuerait avec Libération, Le Monde, Médiapart…

Il songea à Romain. Était-il judicieux de le mêler à cet embrouillamini ? Doté d'un tempérament psychorigide, son ami repérait avec acuité les faiblesses de ses intrigues, relevait des contradictions dans les motivations des personnages ou dans le déroulement de l'action. Des remarques pertinentes, mais quel casse-pied ! décréta-t-il avec affection. En tout cas, il avait toujours été partant pour de nouvelles aventures. Son aide s'avérerait précieuse, espéra-t-il en rejoignant son père.

Pierre et René étalèrent une deuxième couche de lasure sur la cabane avant de passer à table.

Ils dégustèrent le framboisier au salon, et Pierre alluma la cafetière. Ses parents s'endormirent devant un reportage sur la fonte des glaciers. Il les regarda avec tendresse. Quarante ans de vie commune. Les fois où ils s'étaient disputés se comptaient sur les doigts d'une main. Les couples autour de lui se disloquaient au rythme des saisons, cohabiter relevait du sacrifice. La peur de louper une rencontre supposée épanouissante favorisait-elle cette mainmise du zapping sur les relations ? se demanda-t-il en se resservant une tasse.

Madeleine et René se réveillèrent de concert alors qu'il enfilait son blouson. Il en profita pour les embrasser et promit de leur téléphoner dès son arrivée.

Temps froid, chaussée humide. Les deux-roues avaient des limites à ne pas franchir, mais Pierre devrait maintenir une vitesse élevée s'il voulait rejoindre Lyon avant la tombée de la nuit. Il enfourcha son scooter, mit les gaz et sourit en voyant dans le rétroviseur sa mère agiter une main comme s'il embarquait sur un paquebot à destination du Nouveau Monde.

À la sortie du village, il remarqua un malabar, le visage masqué par des lunettes de soleil et vêtu d'un costard-cravate gris-bleu sur une chemise beige. Le type monta dans un tout-terrain noir stationné sur le bas-côté de la route. Si ce Men in Black capturait des extraterrestres, il s'était trompé de coin ! se moqua Pierre.

Il se rapprochait du 4x4 quand son conducteur s'engagea sur le bitume. Il l'évita de justesse et lui tendit un doigt d'honneur assorti d'un flot d'injures. Ces types au volant de bagnoles grosses comme des chars d'assaut se croyaient tout permis. Le macadam n'appartenait pas à ces connards ! lui aurait-il balancé en face s'il avait eu du temps à perdre. De toute façon, les mufles se reproduisaient tels des lapins. Il n'allait pas régler ce problème à la place du gouvernement !

Il traversait le petit bois de Montgé-en-Goëlle, se penchait d'un virage à l'autre pour utiliser toute la largeur de la chaussée, quand le 4x4, phares allumés, déboula derrière lui.

Le gars désirait-il en découdre, comme le camionneur fou dans *Duel*, le film de Spielberg ? Ce taré pouvait s'accrocher pour qu'il le laisse doubler ! s'emporta Pierre en accélérant.

5

Une Ford Mustang cabriolet de couleur rose roulait à vive allure sur un chemin poussiéreux au milieu d'un désert parsemé de cactus. Les haut-parleurs de l'autoradio distillaient *Blowin' in The Wind*, de Bob Dylan. La fille assise sur le siège passager riait aux éclats. Sa chevelure blonde flottait au vent, elle rabattait sans cesse sa jupe à volants soulevée jusqu'à sa poitrine. Un cigarillo aux lèvres, le conducteur caressait le haut de ses cuisses. Elle ne s'en offusquait pas et écartait les jambes pour l'inciter à découvrir de nouveaux territoires. Mais le voyage de noces s'interrompit avec les soubresauts de la carrosserie qui s'enfonçait dans le sol. Le moteur hoqueta une dernière fois, laissant place à un silence assourdissant. Leurs corps emprisonnés jusqu'au cou par le sable, ils se retrouvaient en plein cagnard à des centaines de kilomètres de toute civilisation. Sans essence. Sans chapeaux. Sans eau. Sans téléphone !

Le rêve paradisiaque avait viré au cauchemar. Romain s'éjecta du lit et replia les volets. Temps nuageux, aucun risque d'attraper des coups de soleil ! apprécia-t-il devant la fenêtre grande ouverte. En principe, aucune contrainte ne l'empêcherait de glandouiller. Dans l'après-midi, il irait se promener à l'arboretum de la Vallée-aux-Loups. Il rapporterait une pizza et regarderait un film. Après être passé sous la douche, il enfila un jogging gris et une paire de tennis, et se rendit à la boulangerie du centre-ville.

Les viennoiseries dans une main, il ouvrit de l'autre sa boîte aux lettres, la délesta d'un monceau de prospectus et remonta chez lui. Il chauffa du lait, y ajouta deux cuillères de chocolat en poudre et entailla un croissant pour y enfourner du beurre et de la confiture de fraise. Aujourd'hui, il sortait le grand jeu.

Un sentiment de culpabilité essaya de fondre sur ses épaules lorsqu'il en engloutit un troisième. Il reviendrait de l'arboretum en courant, consentit-il, la quatre fromages et le supplément jambon de Parme en ligne de mire ! Il jeta un œil aux publicités. Une enveloppe s'était glissée entre les pages d'un dépliant. Il s'assit sur le canapé du salon, la décacheta, en retira une carte de vœux ainsi qu'une feuille de papier.

Il parcourut en premier le mot écrit à la main sur le bristol.

Salut Romain,
Alexandre, le type dont je t'ai parlé, a été victime d'un attentat. Si on s'y met tous les deux, nous découvrirons ses assassins au nez et à la barbe de la police ! On reprend contact à mon retour. En attendant, voici les éléments dont je dispose. Tu verras, les questions sans réponses sont légion !
Bise.

Romain enchaîna avec le texte tapé sur un clavier d'ordinateur.

Alexandre Gribois, une Drag Queen se faisant appeler Sacha, se produit dans des cabarets branchés ou dans le cadre de manifestations officielles. Il anime aussi des soirées privées pour des industriels et des personnalités du monde politique. Un scandale éclaterait s'il dévoilait leurs noms. C'est pourquoi les agents de la DGSI le surveillent en permanence.

« La chambre noire » est une sorte de dancing aménagé dans les sous-sols d'un domaine en Sologne (lequel ?). Les propriétaires (qui ?) proposent des séminaires d'entreprises avec infrastructures sportives (implique une grande superficie) et concerts (retrouver l'endroit grâce aux musiciens ?). On y a filmé des notables dans des situations compromettantes. Pour se protéger (de quoi ?), Alexandre a copié les fichiers. Il les a dupliqués (en combien d'exemplaires, à qui les a-t-il refilés ?).

Il parle le russe, l'a enseigné dans un lycée de Grenoble (lequel ?), mais en est parti au bout de deux ans. Il perçoit toujours un salaire d'agrégé en échange de son silence et touchera une retraite de l'éducation nationale ! Il s'est investi au sein d'une association grenobloise (laquelle ?) en organisant des spectacles.

Il a une fille âgée de trente et un ans, Manon, élevée par sa mère. Il ne l'a jamais rencontrée (pourquoi ?). Après ses études de journalisme (pour quel journal travaille-t-elle ?), Manon a déménagé (où ?). Il suivait son parcours et redoutait de s'en éloigner, ce qu'il envisageait car il ne supportait plus les pressions (de qui ?). Il comptait rejoindre son compagnon (le deuxième type sur la photo avec qui il dansait ?) en Amérique du Sud (quel pays ?).

Une déflagration a eu lieu hier matin dans son appartement. La gardienne de son immeuble l'a reconnu lorsque je lui ai montré le portrait de Sacha. Des cartouches de gaz ont causé l'explosion. Pourtant, il n'arborait pas le profil d'un campeur ! La fumée avait intoxiqué les rares résidents présents dans leurs logements à cette heure-là, mais il était la seule victime parce que les pompiers étaient arrivés deux minutes après. Même avec des sirènes survoltées, se rendre sur les lieux leur aurait demandé au minimum huit minutes. J'ai vérifié. On les a donc prévenus avant (qui ?) !

Je délire peut-être, mais, si Alexandre a dit vrai, les agents de la DGSI garés en face du Parnasse ont dû me repérer. Après notre discussion, ma box et mon téléphone sont tombés en rade !

Comme tu peux t'en rendre compte, on a du pain sur la planche !

Pierre disjonctait à cause des propos insensés d'un illuminé. Canaliser son imagination débordante et sa soif de vérités dans l'écriture de pièces de théâtre ne lui suffisait plus. Il se prenait pour un détective infaillible lorsqu'ils étaient gamins. Et ces dernières années, il avait endossé les habits d'un journaliste d'investigation prêt à infiltrer les rouages sordides de notre société. Même si des complots dignes d'un populisme de mauvais augure proliféraient sur Internet, Romain comprenait ses interrogations sur les poulpes gigantesques qui contrôlaient nos vies. Les citoyens méritaient qu'on leur révèle leur exacte finalité.

À maintes occasions, Romain avait participé à ces recherches. Mais là, Pierre souhaitait l'entraîner au fin fond de l'Amazonie pour résoudre une enquête sans queue ni tête ! Cette histoire sentait la queue de boudin suivie d'une déprime à rallonge. Ce soir, il retournerait au Parnasse et saisirait l'opportunité de le remettre sur les rails.

*

Devant l'entrée du Parnasse, un panneau mentionnait l'annulation définitive de la pièce de Pierre et son remplacement par le *one man show* d'un comique en vogue.

Romain revendiqua un bout de zinc entre deux consommateurs. Des éclats de rire en provenance du sous-sol recouvraient par moments la cacophonie générale. Il s'adressa à la serveuse en haussant la voix :

— Pierre Darvaut est déprogrammé ?

— Il a eu un accident de la route, l'informa-t-elle, le regard perdu au fond de l'évier.

La crispation dans son ventre gagna du terrain. Sous l'effet de la douleur, il grimaça, peina à respirer. La jeune femme contourna son comptoir pour lui prendre le bras. Elle le conduisit à une table :

— Vous n'avez pas l'air dans votre assiette, dit-elle en positionnant une chaise. Asseyez-vous !

Romain obéit, comme un automate, et demanda d'un ton inquiet :

— Comment va-t-il ?

— Vous êtes un de ses proches ?

Il hésita avant de répondre :

— On partageait le même banc, à la fac !

— Il était mort quand les pompiers sont arrivés. Je suis désolée.

Livide, son visage refléta l'incrédulité de celui dont le destin dépendait du bon vouloir d'une divinité malicieuse. Chacun dans sa bulle de jeune coq en devenir, ils ne s'étaient pas contactés durant une quinzaine d'années. Mais quand il s'était installé à Arcueil, après le décès de ses parents, ils s'étaient donné rendez-vous. En l'espace d'un instant, ils avaient retrouvé la complicité qui les unissait lorsqu'ils faisaient les quatre cents coups à Quévreville ! Pierre lui confiait la relecture de ses pièces. Il appréciait sa faculté de dénicher les anachronismes, les explications sans fondement, les rebondissements incohérents ou simplistes.

Un sentiment d'impuissance et d'injustice le figeait sur place lorsque la serveuse, attendrie par son état, lui apporta un cognac.

— Tenez, buvez ça. C'est triste quand un jeune homme disparaît alors qu'il a encore tant à donner aux autres. Tout le monde l'aimait, au Parnasse.

Elle sortit une fiche de la poche de sa blouse et la lui remit :

— Une cérémonie aura lieu jeudi. Je vous ai noté l'horaire et l'adresse. Si vous ne pouvez vous y rendre, on réunit de l'argent pour une corbeille de fleurs. Dans la boîte bleue, près de la caisse.

— Merci pour l'initiative, mais j'irai sur place.

Romain se déshabilla, enfila son pyjama, remplit un grand verre de whisky et s'assit sur le canapé. Des larmes mêlées de colère ruisselaient sur son visage sans qu'il puisse arrêter de penser à Pierre. La serveuse du Parnasse avait raison : « Quel drame de mourir si jeune ! »

Le courrier de Pierre reposait sur la moquette. Il s'en empara, le relut. Son cœur se mit à palpiter. Il ressentit des pincements douloureux dans le thorax, dans d'autres parties du corps. Une nouvelle crise de spasmophilie ? D'angoisse ?

Il en éprouvait depuis le décès de ses parents. Il les avait découverts dans leur lit, allongé sur le dos, main dans la main. Sur une table de chevet traînaient des tubes d'anxiolytiques et d'antidépresseurs, ainsi qu'une lettre destinée à leurs deux enfants. Après son AVC, le père ne supporta plus la perte croissante de ses capacités physiques et intellectuelles, il désirait en finir. Quant à leur mère, elle ne pouvait envisager de vivre sans son homme. Si l'au-delà s'avérait une réalité, elle se tiendrait à ses côtés. Ils avaient fomenté leur suicide en secret, sans laisser l'opportunité à Romain et à sa sœur Judith d'influer sur leur décision. Ni d'exprimer ce que l'on diffère par paresse ou peur du ridicule, des mots simples que l'on regrette toute sa vie de ne pas avoir prononcés. Malgré le paragraphe censé les réconforter, l'amertume de Romain et de Judith tardait à se dissiper.

Cet amour fusionnel, même après le trépas, Romain ne souhaitait pas le rencontrer. Une aventure sentimentale engendrait des concessions à faire dérailler son train-train quotidien. Sa sœur comparait son existence à la monotonie d'une autoroute. Lui évoquait une péniche amarrée le long d'un lac serein. Mais au fond, elle le comprenait. Peut-être serait-elle restée célibataire si elle n'avait fréquenté Xavier avant « l'évènement ».

Le temps de vendre la maison de Quévreville, Romain avait habité chez Judith et Xavier. Sur les conseils de son beau-frère, il avait utilisé sa part d'héritage pour acheter un deux-pièces à proximité du RER et monter sa société. La gestion du stock correspondait à son tempérament ordonné. L'installation du matériel requérait de la patience et de la minutie. La programmation valorisait ses études et il ne rendait des comptes qu'à ses clients.

En attendant de retourner se barricader derrière ses repères professionnels ou de s'hypnotiser avec un bon vieux film, il se précipita vers la salle de bain. Il ouvrit la boîte à pharmacie, avala deux ampoules de magnésium et un demi-cachet de Lexomil. Il s'allongea sur la moquette du salon, entreprit des respirations abdominales…, et finit par sombrer dans des limbes d'une noirceur abyssale.

6

Taillé comme un séquoia, Samuel Liniac intégra l'école des officiers de police en 1974. Son caractère taciturne et sa promptitude à obéir aux ordres engendraient les moqueries des autres élèves. Mais aucun n'osait les lui lancer en face. Seulement à couvert, par lettres anonymes ! Ses camarades de chambrée l'avaient dénoncé auprès du commandant. Sur une photo prise la nuit, on le voyait traverser la cour, un carton dans les bras. Le mot d'accompagnement sous-entendait qu'il revendait des munitions à des truands. L'enquête montra que plusieurs boîtes de cartouches, identiques à celles utilisées le mois précédent par des braqueurs de bijouteries, avaient été dérobées à l'armurerie.

Ses collègues l'avaient avisé qu'ils organisaient une surprise pour l'adjudant-chef. Le paquet contenait son cadeau d'anniversaire. Ils avaient proposé à Liniac de le transporter à la salle de sport à vingt et une heures précises. Liniac appréciait l'adjudant, un gars sévère et discipliné, et il avait accepté. Mais quand il s'était rendu sur le lieu de la fête, il avait trouvé porte close. Il s'était demandé s'il avait retenu le bon horaire, avait déballé le carton et découvert un lot de cassettes pornographiques.

Piégé comme un rat, il avait escaladé le mur d'enceinte et s'était empressé de les bazarder dès la première poubelle venue. Il pensait que la blague de collégiens était arrivée à son terme et n'avait pas anticipé le procès pour association de malfaiteurs qui s'ensuivit.

Ce coup monté lui aurait coûté quelques années de prison sans le témoignage inattendu d'Alain Degay. Ce dernier affirma avoir persuadé Liniac de subtiliser les munitions. Ses faibles performances sur cible à cinquante mètres le tourmentaient, il désirait s'améliorer en cachette.

Même si Degay et Liniac avaient enfreint le règlement, le commandant passa l'éponge. Liniac était un tireur exceptionnel, et Degay surclassait les gars de sa promotion aux tests de culture générale.

L'histoire aurait pu en rester là si, une dizaine d'années après les faits, Liniac n'avait recroisé ses calomniateurs dans le cadre d'une collaboration internationale. Bourrés comme des coings, les trois gugusses avaient emprunté les motoneiges de leurs homologues québécois pour slalomer aux abords du lac Saint-Jean. Liniac se posta devant les véhicules en leur intimant d'arrêter ce cirque, mais ils lui foncèrent dessus. Il tarda à réagir, et une chenille lui écrasa le pied droit.

Les six mois d'hôpital changèrent le bonhomme. Il garderait des séquelles et un courrier lui annonça sa mutation dans l'administratif ! Refusant l'évidence, Liniac envisagea le suicide tout en s'entichant de romans dont les personnages cultivaient un sens aigu de la vengeance. Le comte de Monté Cristo avait perdu neuf ans à élaborer un plan compliqué. Liniac était pressé. Dès qu'il pourrait remballer ses béquilles, il irait faire la peau à ces petits merdeux !

À cette époque, Alain Degay avait rejoint la DST. Il y chapeautait la sous-direction de la zone de défense et de sécurité de Bordeaux. Il visita Liniac à l'hôpital et le convainquit de ne pas entreprendre la bêtise du siècle. Il se débrouillerait pour l'intégrer dans son service et réglerait le sort des trois guignols à sa façon ; c'est-à-dire en prévenant les gars du milieu avec lesquels ils traficotaient qu'ils comptaient les arrêter pour travailler dorénavant avec des Serbes. Le résultat fut immédiat. Un vrai carnage !

Par la suite, Degay l'avait aidé à grimper les échelons. Liniac lui obéissait comme un chien fidèle et il était le seul agent de la DGSI à pénétrer dans le bureau du directeur général sans y avoir été convoqué.

Degay le regarda claudiquer jusqu'à un fauteuil. Malgré son handicap, Liniac restait redoutable. Affronter une dizaine de petites frappes ne lui faisait pas peur. Et, contrairement au commissaire, il transperçait le centre de la cible à chaque tir de revolver.

Degay attendit qu'il s'asseye pour lui demander :

— Les Russes ont-ils récupéré le dossier ?

— Ils ont fouillé les logements d'Alexandre Gribois et de Pierre Darvaut sans le trouver. Ça valait la peine de les inciter à éliminer ces deux types ?

— Samuel, ces documents doivent revenir dans notre giron coûte que coûte.

Le capitaine hocha la tête sans être convaincu :

— La transcription de leur propos ne contient rien de compromettant.

— Alexandre lui montre les agents chargés de le surveiller et mentionne le manoir. Il n'était plus fiable ces derniers temps. Qu'il ait parlé à ce Pierre Darvaut le prouve.

— Mais il ne cite pas de nom, pas d'adresse.

— Tes micros à mille euros pièce ont refusé de capter leur conversation lorsqu'ils sont retournés à l'intérieur du café. Alexandre lui a-t-il révélé notre trafic et fourni le moyen d'accéder au dossier ? Je le crains. Sinon, pourquoi Pierre Darvaut se serait-il rendu devant son immeuble ? A-t-il eu l'occasion de mettre un copain dans la confidence avant son accident ? Si la lettre postée par sa mère contient une bombe à retardement, on saute tous les deux, Samuel !

Degay donnait les ordres nécessaires en cas de crise, mais il évaluait toujours les conséquences. Il n'était pas devenu directeur général en jouant les intrépides, et n'allait pas déroger à cette règle fondamentale. Mais si Alexandre avait mentionné son nom ou celui des Boldaïev, les désagréments risquaient de faire boule de neige.

— Tu vas te pencher sur leurs relations : familles, amis, travail, ajouta Degay. Mais commence par aller à l'enterrement d'Alexandre. Ses proches devraient y assister. Et vérifie si Pierre Darvaut a impliqué quelqu'un d'autre !

7

La poursuite infernale – à dos de bouquetin, avec franchissements de laves incandescentes ; accroché à l'aileron d'un dauphin pourchassé par un ichtyosaure affamé ; en équilibre instable sur le toit d'un TGV traversant un tunnel sans fin – se termina par une course de roller au milieu d'un champ de mines.

Treize heures vingt : explosion…, et fin d'une série de rêves exténuants !

Malgré la dose de gel douche, la crainte de finir en pâtée pour chats lui collait à la peau. Romain se confectionna un sandwich au gruyère, l'agrémenta de salade et se servit un verre de jus d'orange. Il apporta le tout sur la table et se força à manger, pour reprendre des forces. Mais il n'arrivait pas à enchaîner deux phrases cohérentes. Ses pensées se carambolaient. Il entendait des voix : « Tu ne me crois toujours pas ! » lui reprochait Pierre. « Tu es le prochain sur la liste. » « Si ça se trouve, ils attendent derrière ta porte. » « Romaaiiinnnn, secoue-toi ! ».

Récupérer un brin de lucidité devenait urgent. Il relut la lettre de Pierre, et rapporta de son bureau des feuilles de papier et un stylo. Écrire l'aiderait à émerger du brouillard qui enveloppait chacune de ses réflexions :

Lundi dernier, Pierre discute avec un certain Sacha (Alexandre Gribois). Ce type a cinquante-six ans, mais en paraît quarante. Il prétend animer des réunions privées. Sur des photos affichées sur Internet, Pierre le reconnaît malgré son accoutrement de Drag Queen.

Une vaste propriété en Sologne accueille des séminaires. Mais pour les initiés, les fins de soirées se déroulent dans « la chambre noire », une salle souterraine où tout ce beau monde batifole devant les objectifs dissimulés dans la pièce. Un scandale éclaterait si Alexandre dévoilait leurs noms. C'est pourquoi la DGSI le sur-

veille en permanence. Une de leur voiture stationnait de l'autre côté du boulevard.

Alexandre a réussi à copier des fichiers. Où les a-t-il planqués ?

Avant de devenir Drag Queen, il a enseigné le russe dans un lycée de Grenoble et a organisé des spectacles dans un cadre associatif. Il continue de recevoir un salaire de professeur agrégé et touchera une retraite de l'éducation nationale en échange de son silence !

Manon, sa fille, a vécu avec sa mère, du côté de Belfort, et a suivi des études de journalisme. Ils ne se voient pas, mais il tient à elle. Il comptait la contacter et rejoindre son compagnon en Amérique du Sud.

Romain venait de résumer une simple causerie entre Pierre, friand d'histoires insolites, et un individu extraverti prêt à raconter n'importe quoi pour avoir un interlocuteur. Le recoupement des évènements survenus après cette rencontre soulevait néanmoins des interrogations :

Le lendemain de leur tête-à-tête, Pierre apprend par la radio qu'un incendie s'est déclaré au domicile de Sacha. Il s'y rend.

La gardienne de l'immeuble confirme sa véritable identité : Alexandre Gribois. Des cartouches de camping-gaz stockées dans son appartement ont explosé. Il est l'unique victime, car les pompiers sont intervenus dans un temps record, comme si un appel anonyme les avait prévenus avant la déflagration !

Pierre est convaincu que les agents de la DGSI l'ont repéré : sa box et son téléphone sont tombés en panne ! Avant-hier, il décède dans un accident de la route alors qu'il repartait de chez ses parents.

Deux hypothèses sortaient du lot :
– son esprit torturé à l'affût du moindre élément susceptible de dénoncer la corruption des hommes de pouvoir, Pierre avait relié entre eux des faits sans aucun rapport.

— sa curiosité déplacée l'avait mis en présence d'évènements qu'il aurait dû ignorer et il l'avait payé de sa vie.

L'historique des incidents ne désignait pas laquelle prédominait, regretta Romain. Il rumina ses notes, et la raison céda le pas à l'affolement. Les tueurs à gages sponsorisés par l'état savaient-ils que Pierre lui avait relaté sa rencontre avec Sacha et posté ses doutes sur l'explosion de la rue Boissonade ? Courraient-ils déjà après lui ?

En proie à une anxiété grandissante, il avala l'autre moitié du cachet. Il resterait amorphe toute la journée, mais tant pis. Les décisions rationnelles réclamaient un minimum de sérénité.

Comment sortir vivant de ce bourbier ? Si une conspiration existait, à quoi devait-il s'attendre ? Il reprit au début, c'est-à-dire le moment où il avait revu la pièce de Pierre. Pendant la représentation, il avait bu deux cocktails, rien d'incongru par rapport à la clientèle habituelle, et la serveuse, absorbée par les commandes, l'avait à peine regardé. Mais elle lui avait accordé toute son attention après lui avoir appris le décès de Pierre. Mémorisait-elle les visages ? Si des agents secrets la passaient à tabac, elle leur avouerait s'être entretenue deux minutes avec un trentenaire aux cheveux noirs et aux yeux marron, de taille moyenne et habillé de couleurs sombres. La DGSI devrait se contenter du signalement d'un habitant sur dix de la région parisienne.

Qui d'autre pourrait se souvenir de ses venues au Parnasse ? Les spectateurs ? Il se tenait derrière eux. Quant aux abonnés du bar, ils ne pensaient qu'à vider leurs verres.

Lorsqu'il avait mangé avec Pierre, le pizzaiolo garnissait ses pâtes ou surveillait le four. Le patron avait apporté leur commande et encaissé l'addition, mais il décrirait Romain de manière aussi imprécise que la serveuse du Parnasse.

Le téléphone ? Ils avaient planifié cette soirée un mois auparavant et ne s'étaient pas appelés depuis le jour de l'an. Quand ils se voyaient, ils fixaient la date de leur prochain rendez-vous et ne s'envoyaient un texto qu'en cas d'imprévu.

La lettre ? La DGSI pouvait-elle perquisitionner un bureau de poste afin d'y comparer les empreintes laissées sur les enveloppes avec celles de Pierre ? Peut-être ! En tout cas, Pierre avait dû l'expédier sans qu'ils s'en aperçoivent. Sinon ils seraient en train de pointer des silencieux sur ses tempes.

Tout ça était plutôt rassurant et lui donnait du temps pour réfléchir avant de se décider. Quatre options s'offraient à lui : collaborer et solliciter une prime, comme Alexandre avec l'éducation nationale ; fermer sa gueule et faire profil bas ; fuir et se planquer, ce qui revenait au même, mis à part pour le boulot et le lieu de résidence ; enquêter et dénoncer cette bande de ripoux. Pierre aurait sauté sur la dernière s'il vivait encore, estima Romain. Mais la police judiciaire apprécierait-elle sa mise en cause de la DGSI ? Si leurs services étaient de mèche, autant se jeter par la fenêtre sans passer par la case réservée aux tortures !

« Romain, calme-toi. Les flics ne sont pas tous des criminels ! » murmura une petite voix intérieure. Admettons ! Mais il imagina la bouille de l'officier qui le recevrait s'il se rendait au commissariat d'Arcueil et balançait ses divagations sur les circonstances du décès d'Alexandre : *un meurtre déguisé en incendie, monsieur l'inspecteur !* Il en ajouterait une couche avec celui de Pierre : *un assassinat maquillé en accident de la route, je vous assure !* Prévenir la presse reviendrait au même, aucun journaliste ne le prendrait au sérieux !

Ces démarches achopperaient par manque de preuves. Alexandre avait mentionné des fichiers compromettants. Il devait les récupérer. De préférence en menant des investigations participatives ! Mais quelle personne de confiance pouvait-il impliquer dans une course au dossier avec des espions professionnels ? Il éplucha son carnet d'adresses et en conclut qu'il n'obtiendrait aucun soutien. *Tous pour un. Un pour tous.* Tu parles ! Ils feraient quoi les mousquetaires qu'il côtoyait dans son boulot ou dans sa vie privée s'il leur demandait de l'aide ? Ils se débineraient jusqu'à la fin de l'histoire !

L'inaction l'achèverait s'il continuait à se lamenter sur son sort ! Il allait donc retrouver ce dossier et négocier la date de son trépas. D'accord, il ne possédait pas la cape d'un super héros et son QI ne soulevait pas l'enthousiasme. Mais il n'allait pas passer le restant de ses jours à tressaillir dès qu'un grain de poussière frôlerait son terrier.

Sa motivation avait atteint un point de non-retour, mais comment allait-il s'y prendre ?

Il commença par relire ses notes. Des propos de Pierre ressortaient plusieurs pistes :

- La gardienne de l'immeuble d'Alexandre possédait-elle des informations sans le savoir ?
- Les propriétaires du manoir en dissimulaient !
- Manon avait habité chez sa mère, dans le Territoire de Belfort. Elle était devenue journaliste.
- À Grenoble, Alexandre avait enseigné le russe dans un lycée et organisé des spectacles pour une association.
- Son compagnon résidait en Amérique du Sud.

Paris, la Sologne, Belfort, Grenoble, le continent sud-américain. Se sentait-il prêt à sillonner l'asphalte et la forêt amazonienne, à dormir à la belle étoile, à se méfier de tout le monde, à contraindre ceux qui détenaient les clés de sa survie à parler ? Ces pantoufles bouderaient, mais il n'améliorerait pas sa situation en demeurant à Arcueil.

En attendant de boucler sa valise, il s'attellerait à régler nombre de détails. Il ne pouvait laisser choir ses clients et Abdel comptait sur son salaire. Voyager coûterait une blinde. Il devrait se procurer un ordinateur portable et des téléphones à carte prépayée sans utiliser sa Visa.

Bien, il allait récupérer le plus d'argent liquide possible.

À force de penser à Pierre, il agissait comme lui, ce qui ne le réconforta nullement. Il se promit de ne pas finir à l'identique. En tout cas, il s'y efforcerait !

8

Romain emprunta la rue Boissonade vers neuf heures du matin. Par précaution, il fit le tour du quartier. Avec la densité de circulation, se retrouver au début de l'artère lui prit treize minutes. Il se gara sur une place libre et descendit de son véhicule. Il parcourut une cinquantaine de mètres, mais repéra un homme appuyé contre une Ford grise stationnée en face du 21. Il fit semblant de sonner à un interphone, retourna à sa fourgonnette, remit la clé de contact dans le Neumann et se prépara à démarrer en trombe.

Le type alluma une cigarette avant de contourner la Ford en claudiquant. Il exhalait une énième bouffée lorsqu'il tapa du plat de sa main sur la carrosserie. Un deuxième gars abaissa la vitre côté passager. Un téléobjectif dépassa de quelques centimètres par l'ouverture au moment où un caniche tenu en laisse par une femme habillée d'un blazer et d'un pantalon à carreaux franchit la porte du 21.

Qu'ils aient été en train de réaliser un reportage sur la mode parisienne en caméra cachée ou de planquer devant chez Alexandre, ces deux types n'étaient pas les rois de la discrétion ! se moqua Romain. À leur décharge, la rue n'abritait aucun troquet d'où ils auraient pu surveiller l'entrée en buvant un demi.

Mais ils avaient beau être nuls à cligne-musette, ça ne les empêcherait pas de lui tirer le portrait s'il contactait la gardienne. Se faufiler par les toits ou les égouts ?

Il réfléchissait à un moyen plus orthodoxe lorsqu'un couple d'octogénaires sortit de l'immeuble. Le type portait un costume trois-pièces et marchait en s'appuyant sur une canne ; la femme, vêtue d'un ensemble bleu marine, lui tenait le bras.

Romain alla ouvrir le hayon de sa fourgonnette. Il attendit qu'ils parviennent à son niveau pour les aborder :

— Bonjour, madame, bonjour, monsieur, lança-t-il d'un timbre amène. Je dois livrer un gros colis à votre gardienne, mais j'ai oublié mon diable. Savez-vous si elle est dans sa loge ?

L'homme regarda sa montre à gousset.

— Vous avez de la chance, Germaine partira au marché d'ici une vingtaine de minutes.

— Dites-lui de nous rapporter deux filets de sole. Ou de limande, ajouta son épouse qui semblait avoir donné des ordres toute sa vie.

— De la part ?

— Des Archambaud ! précisa-t-elle avec l'arrogance de ceux dont la notoriété dispensait des présentations.

— Je cherche un complément de salaire. Si vous avez des ennuis de plomberie ou d'électricité, je suis disponible le soir et les week-ends, broda Romain.

— Le chauffe-eau nécessite un détartrage.

— Il patientera jusqu'à la visite de notre chauffagiste ! décida la femme, prudente envers les inconnus. Bonne journée, jeune homme !

Elle tira son mari par la manche de sa veste et ils continuèrent leur chemin.

Romain remonta s'asseoir dans son véhicule. Les mensonges qu'il débiterait à la gardienne gagneraient en crédibilité s'il les assaisonnait d'une pincée de vérité. Il profita de cette attente forcée pour peaufiner son personnage tout en observant l'entrée de l'immeuble. Il songea aux deux types serrés dans la Ford, des professionnels de la filature espionnés par un amateur. Le comique de la situation lui contracta les zygomatiques.

Un panier à roulettes en main, la gardienne apparut vingt minutes plus tard, comme l'avait prédit monsieur Archambaud. Elle avança vers la fourgonnette, et l'avait dépassée d'une trentaine de mètres quand Romain la rattrapa en criant « Germaine... Germaine... » Elle se retourna et lança un regard circonspect vers le jeune homme essoufflé qui vociférait son prénom.

— On se connaît ? dit-elle d'un ton sec.

— Excusez-moi de vous avoir interpellée, mais les Archambaud désireraient manger des filets de limande, ce midi.

— Vous êtes de leur famille ?

— Je viens de détartrer leur chauffe-eau, répondit-il avec assurance.

Son visage se détendit, elle avait dû être informée du problème.

— Ils m'ont raconté pour l'incendie, enchaîna Romain. Vous avez dû avoir une peur bleue !

— Comme tous les résidents ! Le plus triste dans tout ça, c'est la mort de ce pauvre monsieur Gribois. Je n'aurais jamais cru qu'il avait cinquante-six ans.

Romain saisit la balle au bond :

— Pourquoi ?

— Je ne sais pas s'il se maquillait, mais entre son côté efféminé et sa façon de s'habiller, on lui en donnait quarante.

— Je recherche un logement dans ce coin. Ses héritiers vont-ils vendre l'appartement ?

— Il ne reste qu'un pan de mur ! rigola Germaine.

— Dans cet état, le prix du mètre carré va décoter. Je m'en voudrais de louper cette aubaine.

— Monsieur Gribois était locataire. Et les propriétaires, on ne les voit jamais. Quant à sa famille, il a évoqué une jeune femme, un jour où il était en mal de confidences. Mais je n'ai pas bien compris s'il parlait de sa fille ou d'une petite amie. Elle a dû assister à son enterrement.

Romain avait envie de se gifler, mais se contrôla :

— Quand a-t-il eu lieu ?

— Hier, répondit Germaine. Quand je pense qu'il n'a pas eu droit à une messe à cause du suicide !

— Il aurait déclenché l'explosion ? s'étonna Romain.

— C'était marqué dans Le Parisien ! Il avait un côté réservé, voire dépressif. C'est sûr. De là à finir comme ça !

Romain rappela à Germaine la commande de poisson pour les Archambaud et retourna à sa fourgonnette.

Comment avait-il pu passer à côté de l'enterrement d'Alexandre ? Une occasion unique de rencontrer Manon sans rechercher son adresse pendant des jours. Ou des mois ! « Quel con ! », beugla-t-il les doigts crispés sur le volant.

Il envoya un texto…, lut la réponse et mit le cap sur Issy-les-Moulineaux.

Vers midi, il se gara à proximité de la station de métro Corentin-Celton et marcha jusqu'à l'entrée d'un immeuble en meulière de quatre étages. Il appuya sur le digicode, monta au deuxième et poussa la porte entrouverte.

Grand et maigre, Nicolas Cossard n'était pas rasé. Une mèche de cheveux bruns tombait sur ses lunettes. Il la relevait toutes les deux minutes avec la paume de sa main, comme un tic qui lui donnait l'heure. Victime d'une compression de personnel après le rachat de l'entreprise pour laquelle il travaillait, Nicolas avait enchaîné les formations professionnelles sur les nouvelles technologies. Romain avait fait sa connaissance l'année précédente, pendant un cours sur la sécurisation des routeurs. L'intervenant décevant leurs attentes, ils s'étaient retrouvés à la cafeteria et se découvrirent une passion commune, les films policiers en noir et blanc. Tous les deux possédaient un home cinéma conséquent. Chaque mercredi, chez l'un ou l'autre, ils dégustaient des pizzas ou des sushis. Après le dîner, ils s'installaient dans des fauteuils de relaxation, devant l'écran géant. Démarrait alors une double séance avec bière et esquimaux à volonté. Pendant leur dernière rencontre, Nicolas l'avait informé qu'il était arrivé en fin de droits, il recherchait du boulot.

Ils se serrèrent la main et Nicolas l'entraîna dans un restaurant japonais où il avait ses habitudes. Ils discutèrent de tout et de rien, jusqu'au dessert où Romain lança cette proposition :

— Je vais voyager un certain temps. Ça te dirait de me remplacer ?

— Le soleil de la banlieue t'insupporte ? sourit Nicolas.

— À Pâques, pendant mon séjour en Grèce, j'ai fréquenté une Suédoise. Cet été, elle est venue passer une quinzaine de jours chez moi. Cette fille peut m'éviter de finir comme un vieux con, un matou sur les genoux devant la télé. Ce week-end, je la rejoins à Stockholm.

— Ben mince, ça ressemble à un coup de foudre ! Mais pourquoi n'y restes-tu qu'un *certain temps* ?

— Pour le moment, notre relation est basée sur une attirance insouciante, pas sur des épreuves surmontées en commun. Mais je m'en voudrais à mort si j'esquivais l'aventure. Nicolas, pourrais-tu commencer lundi ?

— Pourquoi es-tu si pressé ?

— Son père possède une grosse boîte informatique. Elle a dû me décrire de façon idyllique parce qu'il me propose de remplacer son directeur technique. Il m'a fait comprendre que, si je devenais le gendre idéal, je tiendrais les rênes quand il prendra sa retraite.

— En fait, tu pars pour le pognon !

— On m'offre la piste aux étoiles. Ça m'ennuierait de rester sur les gradins !

— Tu as réussi à assimiler la langue ? se moqua Nicolas.

— Au début, je devrais m'en sortir avec l'anglais. Pour le suédois, l'immersion de jour comme de nuit brusquera l'apprentissage, plaisanta Romain.

Ils gloussèrent comme des ados avant de s'accorder sur les conditions financières. Pour les aspects techniques, Nicolas passerait à l'atelier. Romain lui octroierait une formation ultra-accélérée.

Romain pénétra dans l'agence du Crédit Agricole à quinze heures cinquante-trois. Il souhaitait récupérer les douze mille euros au repos sur son compte épargne et donna comme motif l'achat d'une BMW à un particulier allemand. Outre-Rhin, ce type de transaction se payait en liquide. Le conseiller, un amateur de grosses berlines, lui remettrait l'argent en personne le lendemain, dès l'ouverture.

De retour chez lui, il se versa un whisky et récapitula sa journée. Côté positif, Nicolas avait accepté son offre, les contrats signés seraient honorés, Abdel conserverait son emploi, douze mille euros gonfleraient son portefeuille. Il pourrait s'abstenir d'utiliser sa carte bleue ou son chéquier durant les prochaines semaines.

Côté négatif, la crémation d'Alexandre avait eu lieu au cimetière du Petit-Clamart et il n'avait pas imaginé une seule seconde que Manon puisse y assister ! En fait, il avait gommé les obsèques d'Alexandre de ses priorités. Après avoir épuisé l'argot à sa disposition, il arrêta l'autoflagellation et se rendit sur le site du Parisien. Un médecin légiste avait disséqué les entrailles calcinées d'Alexandre pour expliquer son geste. Sous l'emprise de l'alcool et d'anxiolytiques, Alexandre avait ouvert des cartouches de gaz, indiquait la version officielle. Foutaises ! pensa Romain en s'étirant les cervicales.

Il appela Abdel, lui annonça qu'il avait contracté une gastro-entérite et le dispensa de venir travailler le lendemain.

Il délaya un paquet de purée en flocons dans un mélange d'eau et de lait. Y ajouta deux tranches de jambon et mangea sans arriver à se retirer de la tête qu'il avait loupé l'occasion de voir Manon. En qui Sacha aurait-il eu plus confiance qu'en sa descendance pour garantir sa survie ? Son pote en Amérique du Sud ? Peut-être. Quoi qu'il en soit, il devait la retrouver.

9

Après avoir récupéré son argent, Romain se rendit au crématorium de Clamart. Un homme filiforme, l'air sinistre et affublé d'un costume noir, balayait le hall. Romain se présenta comme le tuteur de sa grand-mère, résidente dans une maison de retraite. Doté d'un tempérament prévoyant, il souhaitait connaître les démarches à accomplir pour organiser au mieux ses funérailles. Il nota le montant de différentes prestations et demanda à voir la salle.

Une cinquantaine de sièges se répartissait la pièce qui pouvait en accueillir le double.

— C'est grand ! Je suis son unique parent et ses amis sont décédés.

— Si vous recherchez plus d'intimité, on peut réduire la surface avec un rideau, proposa l'employé.

— Ce genre de situation doit être rarissime.

— Avant-hier, nous avons incinéré un suicidé. Une seule personne a assisté à la cérémonie.

Romain lui adressa une mimique ahurie.

— Son appartement a explosé ! On en a parlé dans Le Parisien.

— Cette personne était de la famille ? demanda Romain en essayant de maîtriser son impatience.

— Ça m'étonnerait ! Le type a oublié de verser une larme tellement il était pressé de repartir avec l'urne !

— Parfois, les arriérés empêchent de pleurer.

— Je veux bien le croire. Mais quelque chose de dur dans son regard sous-entendait qu'il pouvait vous sauter à la gorge sans hésiter. Son allure de mercenaire m'a glacé le sang ! Remarquez, avec son handicap, je lui aurai échappé tranquille.

— Quel handicap ?

— Il boitait.

— Ceux qui craignent les moqueries se parent d'une méchanceté préventive, déclara Romain. Quel modèle de voiture possédait-il ?
— Une Ford Mondeo. Grise, précisa l'employé.

Romain rejoignit la rue Montorgueil, la Mecque parisienne du matériel informatique. Il regarda plusieurs vitrines avant d'entrer dans une boutique.
Un adolescent d'origine asiatique s'empressa de lui faire la réclame :
— Cet ordinateur portable comporte une carte vidéo Nvidia 452 et un processeur…
— Je veux vérifier si le wifi fonctionne, le coupa Romain.
Le jeune se connecta au réseau du magasin et une page Internet remplit l'écran. L'appareil datait de la décennie précédente, mais, pour cent cinquante euros, Romain ne demandait pas la lune.
Il lui tendit trois billets de cinquante, sans réclamer de facture. Méfiant, le gamin les passa dans un détecteur. Satisfait, il en rangea deux dans le tiroir-caisse. Il afficha un grand sourire en enfournant le troisième dans la poche de son pantalon.
— Vous disposeriez d'anciens téléphones ? Des modèles sans GPS.
— Du matériel anonyme ! cligna de l'œil l'adolescent en sortant d'un carton plusieurs Nokia des années 2000. Pas question d'aller sur Internet avec, mais c'est du costaud. Dans dix ans, ils fonctionneront encore. Trente euros pièce. Chargeurs compris ! Combien en prenez-vous ?
— Trois !
— Vingt euros la carte SIM prépayée dont le propriétaire a oublié de déclarer la perte, ça vous intéresse ? Durée limitée, mais ça dépanne ! Je vous en installe une dans chaque boîtier ?
Romain esquissa un sourire. Ce jeune avait le sens du commerce ! pensa-t-il en lui remettant trois autres billets de

cinquante dont deux sympathisèrent avec celui déjà dans sa poche.

Ses dernières acquisitions sur le siège passager, il rejoignit Arcueil où il s'arrêta devant sa boulangerie préférée. Il y acheta un sandwich poulet-crudités et un Orangina, rentra chez lui et déjeuna en consultant le site du « bon coin ». Dans la rubrique voitures d'occasion, il sélectionna deux annonces. L'Argus confirmant le bien-fondé de ses choix, il contacta les vendeurs.

Il descendit à la station Bourg-La-Reine du RER. Cinq minutes de marche soutenue lui suffirent pour atteindre une zone pavillonnaire recherchée par les classes moyennes avec des enfants. Il s'immobilisa devant une maison en briques et appuya sur la sonnette. Par une fenêtre, un chauve dans la quarantaine lui fit signe d'attendre sur le trottoir.

Une porte métallique coulissa et un break Dacia flambant neuf pointa son capot.

— Montez ! fit une voix autoritaire.

Romain aurait aimé la conduire, mais il évita de provoquer la masse musculaire du gaillard.

Le type débita l'historique de sa bagnole pendant qu'il empruntait les artères avoisinantes. Revenu dans sa rue, il accéléra comme un dingue et freina brusquement devant chez lui. Une démonstration sur sa maîtrise du volant ponctuée d'arguments de vente : « Y en a dans le moteur ! » « Les plaquettes sont neuves ! »

Ils sortirent du véhicule et il vanta l'aspect de la carrosserie, il n'était pas le genre à faire un accroc en se garant.

Mais le roi du créneau s'impatientait :

— Bon, vous la prenez ?

Romain s'apprêtait à négocier quand il repéra sur la lunette arrière un autocollant dissuasif. Au-dessus d'un revolver et d'une paire de menottes « *soutenez la police* » interpellait le quidam !

— Vous l'avez bien entretenue, mais j'ai prévu d'autres rendez-vous. Je préfère comparer avant de me décider. Je vous tiendrai au courant…

Tout en marchant vers Bagneux, Romain ria jaune de la bévue qu'il avait failli commettre. Acheter la voiture d'un flic, autant animer le bal des services secrets !

Le deuxième vendeur habitait allée de l'Abbé Grégoire. Avec un nom pareil, il ne s'attendait pas à tomber sur une cité HLM. Les bâtiments contigus ne dépassaient pas quatre étages et formaient des arcs de cercle harmonieux, mais les murs décrépis et les moisissures dans la cage d'escalier rappelaient que seuls les bas revenus s'y entassaient.

Un blond aux cheveux longs dans les vingt-cinq ans lui ouvrit et une odeur de cannabis imprégna ses narines. Le type l'invita à le suivre dans un couloir surchargé d'antiquités. Animé d'un regard vitreux, il l'abandonna au beau milieu du salon, le temps d'enfiler des baskets et de recouvrir d'un imperméable le jogging grisâtre dont il était fagoté. Assise dans un fauteuil, une jeune femme, un bébé tétant son sein, fredonnait une berceuse. Gêné par ce moment d'intimité, Romain prononça un « bonjour madame » inaudible tout en détournant les yeux vers des vidéos étalées sur une table basse.

Le gars prévint sa compagne qu'il s'absentait et amena Romain sur le parking de son immeuble. Romain examina le Jumpy Citroën sous toutes les coutures. Cette fois, le propriétaire lui laissa le volant. Ils roulèrent une dizaine de minutes, sans dire un mot, et rebroussèrent chemin. Ils restèrent à l'intérieur du véhicule pour discuter.

— Pourquoi vous en séparez-vous ? se méfiait Romain.

Des éraflures décoraient la carrosserie, le hayon était voilé, mais le vendeur en demandait trois mille euros en dessous d'annonces équivalentes.

— Je brocante sur Internet. Je n'ai pas ouvert de boutique. Trop d'emmerdes. Mais des p'tits cons du quartier ont mis le feu dans le box où j'entrepose ma marchandise. Sans camelote, plus de recettes ! Et l'assurance me dédommagera dans six semaines !

— Sans voiture et sans argent, comment allez-vous vous débrouiller ?

— Je referai les encombrants. Je ramènerai ce que je peux sur mon vélo.

Ce gars se démenait comme il pouvait pour s'en sortir, s'émut Romain. Une idée qui les arrangerait tous les deux lui traversa l'esprit. De l'inventivité constructive ! aurait clamé Pierre.

— J'ai besoin d'une camionnette pendant quelques semaines. La location dans une agence me coûterait deux mille euros. Je préfère vous les donner ! Vous pourrez ainsi tenir le coup et reconstituer votre stock.

Romain lui refila un Nokia :

— Je vous enverrai un message sur cet appareil pour vous dire où et quand la récupérer. Gardez-le allumé, mais ne vous en servez pas pour autre chose, ajouta-t-il.

Le type se demanda si un renard entrait dans le poulailler, mais en voyant Romain étaler quarante billets de cinquante sur le tableau de bord, il se dépêcha de lui remettre les clés et les papiers.

Romain retourna sur Arcueil au volant du Jumpy. En route, il positiva le bilan de la journée. Il avait un moyen de locomotion avec certificat d'immatriculation et attestation d'assurance en règle. Il s'était procuré un ordinateur et des téléphones que la police ne pourrait localiser puisque les propriétaires des cartes SIM prépayées prenaient rarement la peine de déclarer leur perte. Il n'avait obtenu aucun renseignement sur la fille d'Alexandre, mais avait appris que le boiteux de la rue Boissonade s'était rendu au crématorium.

Après avoir garé la camionnette dans une impasse adjacente, il rejoignit son atelier, monta sur la mezzanine, un ancien grenier converti en bureau, et passa le reste de la soirée à constituer le dossier destiné à Nicolas. Vers une heure du matin, l'imprimante cracha une cinquantaine de feuilles. Il positionna les pages explicatives à côté des captures d'écran correspondantes, utilisa une perforeuse et une spirale pour relier le tout, et dormit sur le sofa.

10

Comme convenu, Nicolas Cossard débarqua à neuf heures. Romain lui énonça les caractéristiques des différents modèles d'alarmes et d'enregistreurs vidéo entreposés sur les étagères. Ils continuèrent la visite avec le poste de travail, un établi collé au mur du fond pourvu des outils et des instruments de mesure avec lesquels Abdel adaptait ou réparait le matériel. Ils montèrent ensuite sur la mezzanine. Romain lui offrit une tasse de café avant d'attaquer le paramétrage du logiciel de surveillance, la partie complexe du boulot.

Nicolas comprenait les *process* d'installation et de vérification, mais assimiler en quelques heures toutes leurs subtilités lui donna mal à la tête. Romain l'invita au restaurant, et le rassura :

— Si des problèmes advenaient, tu trouveras la plupart des solutions dans le dossier que je vais te remettre. Sinon, Abdel t'aidera.

Après le départ de Nicolas, il chargea ses programmes favoris dans l'ordinateur portable acheté la veille, retourna au stock et rangea une caméra infrarouge dans sa valise métallique. « Par moment, les images affichent des barres horizontales », s'était plaint un client. Un détail pour l'usage qu'il envisageait, pensa-t-il en fermant l'atelier à clé. Il la déposa à l'arrière du Citroën, s'offrit une part de quiche et un éclair au chocolat dans « sa » boulangerie, et rentra chez lui. Il mangea sur le pouce avant d'examiner ses axes de recherches les plus prometteurs. La fille d'Alexandre. Le lycée à Grenoble. Le domaine en Sologne. Le compagnon d'Alexandre.

Par lequel commencer ?

La réponse se faisait attendre quand l'ironie de la situation lui sauta aux yeux. Lâcher un boulot plaisant ; retirer de la banque toutes ses économies pour se procurer du matériel dépassé ; débourser le double du prix pour la location d'une camionnette ; partir sur les routes en tirant au sort laquelle emprunter !

À propos de loterie, il se remémora le thème de *L'Homme-dé*, un roman dans lequel des jets de dés déterminaient les actions du personnage principal. Il n'allait quand même pas confier sa destinée à un cube en plastique !

Prenait-il des précautions inutiles à cause d'une conjuration dont la réalité était loin d'être avérée ? Si cette histoire résultait d'une affabulation, il s'était démené pour rien et chasserait des moulins à vent dans les prochaines semaines. Il inviterait Nicolas au resto pour s'excuser du revirement, rendrait son Jumpy au jeune brocanteur, balancerait les technologies néolithiques dans le vide-ordures, remettrait le pognon restant au coffre. Et retour à la case départ !

Ça, c'était la version où, les fantasmes se dissipant, il refermait la parenthèse après avoir succombé au charme d'une aventure trépidante.

Mais pouvait-il faire abstraction des décès d'Alexandre et de Pierre, qui ne découlaient pas d'une illusion ? Si la mort lui courait aux trousses, sur une route déserte bordée de champs de maïs, il n'échapperait pas à un funeste biplan en se tournant les pouces !

Il était néanmoins décidé à restreindre les paramètres hasardeux. Il regroupa les affaires dont il aurait besoin et les enfourna dans le sac de sport qu'il emportait lors de ses installations en province.

Les dés étaient lancés !

Six heures quarante-trois, Romain monte dans une rame du RER B.

Sept heures trente-huit, il descend à la station Roissy Charles de Gaulle, traverse le terminal de l'aéroport. Dans le hall, un panneau lumineux récapitule les horaires des vols en partance. Il repère le sien, mémorise le numéro du comptoir d'enregistrement et s'y rend.

Sept heures cinquante-deux, une hôtesse vérifie son billet et son identité. Il porte un bagage à main. Elle propose de l'envoyer dans la soute, mais il préfère le garder en cabine. Elle lui remet sa carte d'embarquement.

Huit heures vingt-sept, il franchit les contrôles de sécurité, longe une galerie de boutiques.

Huit heures cinquante-six, il fait semblant de somnoler sur un banc sur lequel un garçonnet s'agite. La passagère assise à ses côtés pose sa besace en toile de jute sur le sol, se tourne vers son fils et le réprimande dans une langue scandinave. Il en profite pour glisser son smartphone dans le sac. Quand les haut-parleurs annoncent l'embarquement immédiat du vol pour Stockholm, il se lève et refait la queue.

Neuf heures trois : une autre hôtesse vérifie si ses papiers sont en règle, l'invite à emprunter le sas menant à la carlingue de l'avion.

Neuf heures six, il revient vers elle en courant et dit d'un air affolé : « J'ai oublié de reprendre ma carte bleue quand j'ai acheté des cigarettes. Je vais la chercher. J'en ai pour deux minutes ! »

Neuf heures trente, l'Airbus pour Stockholm décolle. Au même moment, il tourne la clé de contact du Jumpy.

11

Buste droit, visage stoïque en toutes circonstances tels ces officiers issus de la noblesse qui, pendant la guerre de 14-18, observaient sans broncher le champ de bataille alors que les obus pleuvaient autour d'eux. Le commandant Pascal Hervier était né un siècle trop tard. Sa rigueur académique agaçait les grands pontes de la DGSI, ils le trouvaient ennuyeux. Au contraire, ses subordonnés appréciaient son honnêteté tirée au couteau. Il ne pouvait plaire à tout le monde !

Tout en sirotant un cappuccino, Hervier examina les documents posés sur son bureau. Encore une journée à Sudoku ! regretta-t-il en lançant le gobelet vide dans la poubelle en osier.

Il se rendit à *la salle des Scans*.

Depuis la fin des années quatre-vingt-dix, le service Presse déclinait. De treize policiers sous les ordres d'un commissaire divisionnaire, les effectifs avaient fondu à trois agents dirigés par un simple commandant ! L'apparition des réseaux sociaux avait changé la donne : rien que pour la France, Facebook revendiquait vingt-cinq millions d'utilisateurs quotidiens ! En dehors des hommes sur le terrain, Facebook, Instagram et Twitter étaient devenus la source d'information principale de la DGSI. Sans parler du milliard de sites accessibles avec n'importe quel ordinateur, tablette ou smartphone. Le papier ne pesait pas lourd, à côté !

Lestaque, Cotella et Duroux alimentaient *Cerbère*, un logiciel maison. Ils scannaient la totalité des pages parues dans l'hexagone, qu'elles proviennent de journaux nationaux ou de la moindre feuille de chou d'un illuminé. Si elles contenaient des mots, des noms ou des lieux sensibles, Cerbère émettait un signal sonore et les trois policiers analysaient les éléments qui avaient déclenché l'alerte. S'ils la jugeaient pertinente, l'auteur du texte en question et ceux qui l'avaient transféré ou commenté passaient dans leur collimateur. Ils rédigeaient un rapport et le commandant Hervier le classait ou le relayait au sous-directeur du Renseignement.

Hervier se posta derrière Étienne Duroux. Proche de la quarantaine, le lieutenant se sentait en cage dans cet environnement où les relations hiérarchiques laissaient peu de place aux initiatives personnelles. Son précédent supérieur n'avait guère apprécié ses cheveux longs, roux et frisés, son dos voûté par l'ineptie de certaines de leurs missions, ses blagues perturbant les réunions.

Duroux parlait quatre langues et détenait des DEA d'histoire et d'économie. Pourquoi avait-il intégré la DGSI ? s'était demandé Hervier. Toutes ces études pour se retrouver au *scan* ! Avec ses diplômes, il aurait réussi haut la main les concours internes, s'il avait pris la peine de s'y présenter. Mais Duroux ne cherchait pas à faire carrière. Pourtant il travaillait avec efficacité, ce dont se dispensaient ses deux collègues – se sentant placardisés, ils souhaitaient quitter le bateau avant le naufrage. Même si leurs tempéraments divergeaient, Hervier n'avait rien à lui reprocher et le trouvait plutôt sympathique.

— Quoi de neuf, Étienne ?

— Une *cinq*, commandant, répondit Duroux en tournant la tête. Cerbère fait du zèle avec un genre de tribun qui ratisse large !

— Envoie sur mon poste.

Le niveau des alertes dépendait du nombre de mots clés relevés par Cerbère. Le couple *bombe – métro* atteignait *deux* ; la triplette *Kalachnikov – maffia – Matignon*, *trois*. Si les textes se propageaient, le logiciel grimpait d'un cran. *Six* enclenchait les filatures et les mises sur écoute des individus impliqués.

Hervier alluma son ordinateur. L'alarme concernait la lettre mensuelle adressée par Jean Libéret à sa centaine d'abonnés. Rien que dans son pseudonyme, le type essayait de faire passer un message ! Jean Libéret, ou quel que soit son véritable nom, commentait un article du Parisien : au 21, rue Boissonade, un certain Alexandre Gribois s'était suicidé en utilisant des cartouches de gaz. Le quotidien parlait d'un marginal au bout du rouleau avec plusieurs tentatives au compteur. Ce pauvre type ne fera plus de mal à une mouche, s'émut Hervier.

Gaz – explosion, il y avait droit chaque semaine. Dix à cinquante fois par jour lorsque les médias relayaient une menace d'attentat. Une hypothèse que le pamphlétaire brandissait comme un drapeau, mais sans pouvoir l'étayer. Jean Libéret accusait le gouvernement de se désintéresser des personnes fragiles. Sans illusion sur la finalité du système, il dénonçait les ventes d'armes, les pots-de-vin, les manipulations des masses, les faits divers étranges. Des scandales à conforter les adeptes des séditions citoyennes à qui il donnait du grain à moudre. Il souhaitait la mort des partis traditionnels et se présentait comme le chantre de l'anticorruption. Même si ce type puait l'extrême droite, il n'avait pas tort sur tout, pensa Hervier. Quoiqu'il en soit, les cinq éléments qui avaient titillé Cerbère – *explosion – gaz – Alexandre Gribois – 21, rue Boissonade – attentat* – illustraient sa diatribe.

L'horloge murale indiquait onze heures cinquante. Hervier décrocha sa veste et sa casquette suspendues au portemanteau, et rejoignit le Papinou, un restaurant à quinze minutes à pied du siège de la DGSI où se retrouvaient les agents qui se carapataient devant les ragoûts de la cantine.

Il regardait le menu quand l'adjudant Guillaume Macé se posta devant lui.

— Bonjour, mon commandant. Je peux déjeuner avec vous ?

Contrairement au lieutenant Duroux, Guillaume Macé avait l'apparence d'un baroudeur, cheveux courts coiffés en brosse, pectoraux à éclater les chemises, poignée de main digne d'un broyeur !

— Avec plaisir, répondit Hervier en rapatriant ses affaires étalées derrière son assiette. Que deviens-tu, Guillaume ?

— Je m'ennuie, commandant !

Hervier se souvenait de son passage dans le service. Ses plaisanteries au ras des pâquerettes avaient détendu l'atmosphère et il n'avait jamais rechigné devant les inévitables heures supplémentaires durant les moments de crise. Mais en 2006, il avait intégré la première vague de réduction des effectifs.

— Pourquoi dis-tu ça ?

— Au *scan*, on ne côtoyait pas le cœur de l'action. Mais on apprenait des choses, la camaraderie régnait entre nous. Lorsqu'on m'a transféré aux opérations, j'étais aux anges. Enfin du mouvement ! Mais ma mission principale consiste à transporter des valises confidentielles du siège à nos directions régionales. Vous parlez d'un dépaysement ! Et depuis un mois, je trimballe ce bouledogue de Liniac. Il ne sait que ronchonner ou me donner des ordres !

— C'est ton nouveau coéquipier ?

— Il est capitaine ! Comme il ne peut conduire, je lui sers de chauffeur.

— On lui a retiré son permis ? ricana Hervier.

— Son pied droit part en vrille. Un accident de motoneige ! Mais ça ne l'empêche pas d'aller dans le bureau de Degay chaque matin, dès qu'il arrive.

— Degay, notre directeur ?

— Monsieur le Commissaire général Alain Degay, s'il vous plaît. Même quand il marche derrière vous, il vous fait comprendre que vous êtes un N moins douze par rapport à lui. Une merde, quoi !

Hervier ne put réprimer un éclat de rire. Alain Degay, le grand patron de la DGSI, ne s'encombrait pas d'une foule d'admirateurs.

— Sollicite une révision d'affectation.

— Chaque année, je remplis le formulaire. Mais il se retrouve systématiquement au panier !

— Tu n'as pas passé le concours de lieutenant, en juin ?

— Si. Et je l'ai raté pour la troisième fois ! La synthèse d'un tas de documents imbitables, ce n'est pas mon truc, commandant. Avec un peu de chance, je finirai adjudant-chef !

— À part conduire nos voitures, en quoi consistent tes nouvelles activités ? s'enquit Hervier pour en revenir au sujet qui le titillait.

— Avec Liniac, on surveille des travelos et des acteurs de théâtre. Je n'appelle pas ça du boulot ! Pendant quinze jours, on a suivi un type habillé en gothique. Et maintenant qu'il est décédé, on photographie tous ceux qui entrent ou sortent de son immeuble. Je n'ai jamais autant clopé !

— Tu évoques l'explosion de la rue Boissonade ?

— Vous êtes sur le coup ? s'étonna Macé.

— Cerbère nous a alertés ce matin. Quelle idée de collectionner des cartouches de gaz ! L'accident était prévisible, lança Hervier.

— La semaine dernière, pendant qu'on allait récupérer ses cendres au crématorium de Clamart, Liniac a parlé d'un suicide. Il devait couver une dépression, ce jour-là, pour partager ses réflexions !

Hervier insista pour payer l'addition. Il rejoignit son bureau en se demandant pourquoi Alexandre Gribois avait fait réagir Cerbère. Il saisit son nom sur le clavier, et le moteur de recherche moulina quelques secondes avant d'exiger un code. Il entra le sien…, *accès refusé* s'afficha sur l'écran. En principe, son accréditation couvrait 98 % des sujets sensibles. Cet Alexandre Gribois devait être un sacré loustic, pensa-t-il. Il tapa ensuite *21 rue Boissonade – Paris*. Une fenêtre s'ouvrit : la DGSI y louait un deux-pièces au dernier étage. La boutique détenait des dizaines de planques. Elles servaient de bases opérationnelles pour des missions, de lieux d'interrogatoire, permettaient de loger des agents en transit. Or Alexandre Gribois occupait cet appartement depuis des années. Mais qui était ce type ? se demanda Hervier, enrageant de ne pouvoir consulter sa fiche. Son supérieur en avait-il l'habilitation ?

Il longea le couloir avec assurance, mais arrivé devant la porte du sous-directeur, il hésita à tourner la poignée. Alerter la hiérarchie n'était peut-être pas une si bonne idée. Si les pachas de la DGSI avaient installé des sécurités, c'est qu'ils cachaient quelque chose, ils n'apprécieraient pas qu'un subalterne se mêle de leurs affaires. Il se serait bien passé de leur autorisation, mais sa vieille licence de programmation faisait grise mine face aux cadors du numérique que le service avait engagés ces dernières années. Craquer le code d'accès sans éveiller leur méfiance était au-delà de ses compétences. Heureusement, il avait gardé le contact avec son ancien chef, un informaticien de haut niveau.

Au lieu de rentrer chez lui, il pénétra dans une brasserie, s'assit au comptoir, commanda un ballon de blanc et utilisa le téléphone de l'établissement.

Belfort

Les unes après les autres, des bourgades à pleurer d'ennui exposaient leurs baraques sans charme. Quant aux campagnes, malgré quelques bosquets ici et là, leur planitude infinie avait de quoi dissuader les plus acharnés des randonneurs. Pourtant des gens y vivaient, pensa Romain. Comme les urbains, ils éprouvaient de la joie, du chagrin, se nourrissaient d'espoirs, surmontaient leurs déconvenues.

Il laissa derrière lui Ronchamp, le patelin le plus important avant sa destination, et regarda la montre du tableau de bord. Au lieu de rouler à cent trente sur une autoroute, il avait comparé les hayons d'une centaine de camions sur des départementales ou doubler s'apparentait à jongler avec un cercueil. Le prix de l'anonymat ! s'encouragea-t-il alors que la circulation se densifiait au fur et à mesure qu'il se rapprochait de Belfort.

Il se gara dans le centre-ville et remonta le faubourg de France en direction de la Savoureuse, un sous-affluent du Rhône. L'axe principal de Belfort était animé. Des passants, leurs bras encombrés de sacs ou de boîtes, se dépêchaient de rentrer chez eux. D'autres flânaient devant les vitrines ou se précipitaient vers la boutique de leurs rêves avant qu'elle ne ferme.

Il s'arrêta devant les bureaux de l'Est Républicain, poussa une grille rouge en fer, grimpa au premier étage et sonna avant d'entrer. Il se dirigea vers la réception où une jeune femme enfilait son manteau. Elle tiqua en l'apercevant venir vers elle. Il était dix-huit heures cinquante-sept, elle ne souhaitait pas s'attarder. Romain lui demanda néanmoins si une certaine Manon Gribois travaillait chez eux.

— J'ai été engagée il y a quinze jours, répondit-elle. Je n'ai pas encore retenu les noms du personnel !

— Pourriez-vous consulter les registres, s'il vous plaît ?

Elle écarquilla les yeux, comme s'il lui avait proposé une excursion sur Pluton.

— Je suis en période d'essai et n'ai pas accès aux fichiers, dit-elle en ouvrant la porte. Excusez-moi, je dois récupérer ma fille.

Tout en grimaçant, Romain s'inclina devant la perspective du chômage et la gosse à s'occuper.

Ils descendirent l'escalier sans dire un mot, mais, parvenue sur le trottoir, elle ajouta :

— Demain, je demanderai l'autorisation. Repassez en fin de matinée.

Arrivé dans la commune de Grosmagny, un village de cinq cents habitants à onze kilomètres de Belfort, Romain délaissa la D12 pour un chemin forestier. Il s'enfonça d'une centaine de mètres dans le bois et découvrit plusieurs étendues d'eau sur sa gauche. Il planqua le Jumpy de l'autre côté, derrière un gros chêne. Si jamais des amoureux en quête de romantisme se promenaient dans le coin, ils devraient se démancher le cou pour l'apercevoir. Et ça serait étonnant qu'un chalutier vienne traîner son filet par ici ! plaisanta-t-il en sortant son équipement de campagne. Il versa le contenu d'une boîte de conserve dans une casserole, alluma son camping-gaz, et fit le tour de l'étang le plus proche en fumant une cigarette.

Le cassoulet mijoté à la graisse d'oie, fameux, ne répondait pas aux critères modernes de la diététique. Il promit de se procurer des légumes frais dès le lendemain. Son repas terminé, il s'engouffra à l'arrière de la camionnette.

Il n'en revenait pas de ce qu'il avait accompli ces quatre derniers jours. Malgré son tempérament casanier, ce pourfendeur des actes héroïques spontanés se retrouvait dans le Territoire de Belfort, la fermeture éclair de son sac de couchage remontée jusqu'au menton !

Il sourit et respira un grand coup avant de récapituler les éléments en sa possession. L'objectif principal consistait à récupérer les documents d'Alexandre. Mais où étaient-ils planqués ? À qui les avait-il confiés ? À sa place, il en aurait donné des copies à sa fille et à son compagnon. Mais il ne connaissait pas le nom de ce type et l'Amérique du Sud recouvrait trois millions de fois Arcueil ! Il rigola en s'imaginant dans la pampa en train de montrer son portrait à un *gaucho* coiffé d'un béret : « Voici peut-être le petit copain d'Alexandre. Vous auriez ses coordonnées ? »

Manon représentait la plus réaliste des deux pistes. Elle avait étudié le journalisme et probablement essayé de se faire embaucher par l'Est Républicain, songea Romain. Âgée de trente et un ans, si sa paye lui avait permis de quitter le domicile familial, elle habitait le centre-ville.

Son raisonnement tenait la route. Mais Manon n'allait pas apparaître d'un claquement de doigts. La retrouver s'apparentait à résoudre une équation paramétrique à plusieurs inconnues. Il avait beau aimer les problèmes mathématiques, il aurait bien triché en allant voir la solution. Si elle ne possédait pas les documents, peut-être détenait-elle le nom et l'adresse du compagnon de son père. Dans ce cas, il monterait dans un avion – cette fois, pour de vrai – et traverserait l'Atlantique. Sinon, les complications s'empileraient jusqu'à briser les étagères.

S'était-il aventuré dans un labyrinthe dont la sortie débouchait sur un cimetière ? Il avait emprunté des routes secondaires, sans péages pour authentifier les cartes bancaires, sans caméras pour enregistrer les plaques numérologiques. Il dormirait dans la camionnette et réglerait ses courses en liquide. Ici, personne ne le connaissait. Lorsqu'il poserait des questions, les gens penseraient se trouver en présence d'un amoureux transi, d'un paumé qui n'aurait pas digéré une séparation ! Rien d'alarmant. Avait-il commis des erreurs, comme l'achat de l'ordinateur portable et des cartes de téléphone prépayées ? Le gamin avait l'air malin et ravi d'empocher quelques billets à titre personnel pour le dénoncer. Et même, que pourrait-il raconter aux policiers, sinon décrire un visage à moitié caché par la capuche d'un duffle-coat ? Quant au propriétaire du Citroën, la location le sortait de la mouise. Il ne bougerait pas.

Il restait Abdel et Nicolas. Abdel ne se mêlait pas de la vie des autres, Nicolas était soulagé de compenser sa fin de droits au chômage. Si la DGSI se mettait à les pressurer, ils balanceraient son amourette avec une Suédoise. Son tour de magie avec la passagère de l'avion pour Stockholm devrait lui donner une avance suffisante pour récupérer ces foutus documents avant les flics.

Chercher Manon demeurait sa priorité.

Rassuré, son esprit laissa la fatigue accumulée prendre le dessus.

13

Le commandant Hervier descendit du tram à la station Porte de Vanves. Certains chantaient le charme de Paris sous la pluie, il préféra déplier son pébroc. Il longea le boulevard Brune sur une centaine de mètres et pénétra dans la cour d'un immeuble en briques, habitation bon marché construite dans les années vingt sur l'emplacement de l'enceinte érigée par Thiers. Comme la Ligne Maginot, elle avait coûté la peau des fesses et n'avait servi à rien !

Il sortit de l'ascenseur et se dirigea vers la porte de droite. Richard Gallinot avait usé de son influence pour qu'il lui succède à la tête du *scan*. Pourrait-il lui fournir des informations sur Alexandre Gribois ?

En entendant la sonnette tinter, Matou arrêta de ronronner. Gallinot, un rondouillard coiffé d'une fine couche de sel, le prit dans ses bras, baissa le son du téléviseur et alla ouvrir.

— Bonjour commissaire, merci de me recevoir.

— Entre, Pascal.

Hervier le précéda au salon. Il était venu plusieurs fois dans cet appartement, lorsqu'il était sous ses ordres. Gallinot l'avait gardé à dîner et lui avait présenté sa femme, ce dont peu d'agents pouvaient se vanter. Elle vivait encore, à cette époque. Depuis, par flemme et nostalgie, il avait laissé les choses en état – se dégrader serait plus approprié. Matou, sa seule compagnie, en profitait.

Gallinot invita Hervier à s'asseoir sur le canapé avant de réintégrer son fauteuil. Il étala une couverture sur ses jambes, et Matou monta dessus. Le polaire, le chat, le feuilleton avant les actualités…, il avait pris un sacré coup de vieux ! pensa Hervier.

— Qu'est-ce qui t'amène, Pascal ?

— Alexandre Gribois.

— Connais pas.

Hervier raconta l'explosion de l'appartement, les deux types de la DGSI chargés de la filature…

— Tu es dans la place. Consulte sa fiche !

— Mon niveau d'accréditation ne suffit pas. Et si le sous-directeur flaire un imbroglio, il m'enverra promener. Se mettre la hiérarchie à dos n'est pas dans son ADN ! Je pourrais contacter l'inspection générale, mais j'ai peur d'alerter les loups.

— Et qui orchestrerait tout ce bazar ?

— Je pense à Alain Degay.

Les yeux du commissaire à la retraite lancèrent des éclairs de rage. Il se leva comme s'il avait rajeuni de vingt ans. L'heure de la vengeance venait-elle de sonner ?

— Si cet enfoiré est mêlé à cette affaire, ça change tout, mon gars !

Gallinot alla s'asseoir devant son ordinateur et Matou grimpa sur le bureau. Il le caressa avant de retirer une micro-clé USB insérée dans le réservoir d'une agrafeuse. Bonne idée de planque ! jugea Hervier.

— Avant de quitter le service, j'ai copié la plupart des dossiers. Redis-moi le nom du type !

— Gribois. Alexandre Gribois.

Gallinot se rendit à la lettre G.

— Voici sa fiche ! Des manchons de canard avec un Madiran, ça te convient ?

Le vin aida l'ex-commissaire à se lâcher. Comme lui, Degay avait travaillé à la Direction centrale des Renseignements Généraux, les fameux RG. En 2008, ils avaient fusionné avec la Direction de la Surveillance du Territoire (DST) pour donner la Direction centrale du Renseignement Intérieur (DCRI), elle-même remplacée en 2014 par la Direction Générale de la Sécurité Intérieure (DGSI). Les sigles changent, les personnes restent, répétait Gallinot.

Les deux hommes se détestaient. Degay commandait la Section Nationale de Recherches Opérationnelles, spécialisée dans le flicage des groupes terroristes ; Gallinot supervisait l'unité de la Prospective et des faits de société chargée d'analyser les articles de presse. Degay misait sur l'infiltration de terrain pour obtenir des informations alors que Gallinot croyait dans les logiciels qu'il développait. En particulier Cerbère.

Alain Degay avait saisi l'occasion de pourrir sa carrière grâce à l'attentat du 8 octobre 2004 contre l'ambassade d'Indonésie. Un Camerounais l'avait revendiqué au nom du Fifa, le Front islamique français armé. Les hommes de Degay découvraient l'existence de ce groupuscule et pataugeaient. De son côté, Gallinot avait retrouvé le cybercafé d'où le Camerounais avait envoyé le mail. Mais son arrestation avait mobilisé une pléiade d'agents. Sur une fausse piste, comme l'avait fait remarquer Degay au directeur général. Gallinot ne le lui avait jamais pardonné. Il attendait des jours meilleurs pour le déboulonner.

Si Degay avait commandité l'assassinat d'Alexandre Gribois, il avait commis une grossière erreur, se frotta les mains Gallinot. Avoir éliminé cette drag queen en détruisant un logement loué par la DGSI révélait l'impréparation d'un type aux abois. Quant à Pascal Hervier, il avait l'air déterminé à éclaircir cette affaire.

— Fais attention à toi, Pascal ! Et n'oublie pas d'embrasser ta sœur pour moi !

Hervier se sentait ballonné. L'abus de Madiran et de canard, diagnostiqua-t-il en refermant la porte de son appartement. Il fit infuser des feuilles de verveine et s'installa sur la table de la cuisine.

La théière sous le coude, il consulta le CV d'Alexandre Gribois. Il ne comportait pas ses dix dernières années d'activités puisque Gallinot l'avait copié avant son départ à la retraite, mais contenait suffisamment d'éléments pour se faire une idée du bonhomme et comprendre pourquoi les services secrets s'étaient intéressés à lui.

En 1989, un officier des RG – Hervier pensa à Alain Degay – avait contacté Alexandre Gribois, une Drag Queen en vogue. À l'époque, les Renseignements Généraux soupçonnaient un membre du ministère de l'Industrie de transmettre des informations aux Russes. Le type fréquentait *Le Manoir*, un lieu régenté par un certain Anton Boldaïev. Tout un milieu interlope y côtoyait les élites lors de soirées à faire pâlir d'envie le plus dépravé des empereurs romains. Alexandre Gribois s'y produisait régulièrement, et l'agent des RG l'avait *convaincu* de séduire le collaborateur du ministre.

Gribois avait-il accepté sous la menace ? s'interrogea Hervier avant de poursuivre.

Les RG suspectaient des prostituées d'origine russe de récolter les confidences sur l'oreiller de leurs clients, des personnalités, des chefs d'entreprises, des hauts fonctionnaires... Des épanchements aussitôt transmis à Anton Boldaïev, leur souteneur. Sous sa couverture de Drag Queen, Alexandre les fréquentait également. En échange des informations qu'il fournissait aux RG, il avait obtenu sa réintégration à l'éducation nationale, un poste fictif pour assurer ses vieux jours. L'évolution des agissements d'Anton Boldaïev et de ses comparses du KGB installés en France, le dossier ne la mentionnait pas.

Hervier reposa la photocopie sur la table. La tisane ayant refroidi, il enfourna sa tasse dans le micro-ondes. Alexandre Gribois avait donc travaillé pour les Renseignements Généraux. Les Russes l'avait-il assassiné ? Ou la DGSI, sur un ordre de Degay ? Pourquoi l'avait-on mis sous surveillance, ces derniers temps ? Alexandre avait-il changé de camp ? Avait-il vendu des informations à une puissance étrangère ou tenté un chantage sur un client ?

La nuit apporta des conseils, mais pas de réponses.

14

Romain se présenta à l'Est Républicain à onze heures. La fille de l'accueil avait les yeux cernés. Elle avait fait la bamboula ou n'était pas arrivée à s'endormir, imagina-t-il. En tout cas, elle avait obtenu l'autorisation de regarder les registres. Le journal n'avait jamais embauché de Manon Gribois. Quant aux stagiaires, ils en acceptaient une vingtaine chaque année sans archiver leurs coordonnées.

Il sortit du bâtiment, arpenta le trottoir d'un pas indécis jusqu'à ce qu'il se pose sur un banc métallique. Son hypothèse de départ – Manon travaillait pour l'Est Républicain et résidait à Belfort – battait de l'aile.

Il fuma une cigarette, expira le découragement qui l'envahissait, et se persuada de reprendre au début. Son baccalauréat en poche, Manon désirait devenir journaliste. Cela était-il possible en restant à Belfort ?

Des lycéens lui indiquèrent une brasserie munie d'une connexion wifi. Il y commanda un café, s'attabla devant une baie vitrée, apprécia une poignée de secondes la vue sur le parking et les bâtiments de la SNCF, et s'intéressa à la conversation qui se tenait au bar entre deux clients et le patron. Ce dernier vouait aux enfers le propriétaire des murs qui lui intentait un procès pour quelques loyers de retard. Son associé s'était retiré sans prévenir, la construction d'une gare TGV à Moval avait diminué la fréquentation de celle de Belfort, et des travaux de voiries s'éternisaient dans la rue ! Ce brave gars va l'avoir dans le baba, s'émut Romain – un collègue avait vécu la même mésaventure et le tribunal s'était prononcé en faveur du bailleur.

Il réveilla Google et tapa *études – journalisme – Belfort*. Aucun résultat ! La future reine des infos avait dû déménager. Les écoles sérieuses et réputées, la plupart situées en région parisienne, octroyaient leurs diplômes en deux ans et n'acceptaient que des élèves de niveau bac plus 3. Manon avait donc décroché une licence avant d'intégrer une de ces écoles. Pouvait-elle l'obtenir en restant à Belfort ? Un campus de l'université de Franche-Comté proposait un cursus de droit. En consultant le site WEB de la faculté, il nota l'obligation d'effectuer un stage en entreprise lors du sixième semestre. Les ressources humaines de l'Est Républicain ne gardaient aucune trace administrative des stagiaires, avait affirmé la jeune employée. Mais un membre du personnel avait peut-être remarqué Manon !

Il retourna devant les locaux du journal. À midi quarante, un quarantenaire habillé d'un manteau noir et coiffé d'un bonnet en sortit, il pénétra dans un Flunch distant d'une vingtaine de mètres.

Romain traversa le faubourg et regarda à travers la vitre du restaurant. Il attendit que le gars s'installe à une table pour venir l'aborder :

— Bonjour, je me permets de vous déranger, car je pense vous avoir croisé lorsque mon amie Manon travaillait au journal. J'aimerais la contacter, mais j'ai perdu mon agenda.

L'employé retira son couvre-chef. Entre son crâne d'œuf et sa carrure de déménageur, il n'officiait pas au courrier du cœur, estima Romain.

— Manon… ?

— Gribois. Elle avait vingt et un ans, à l'époque.

Le type afficha son manque d'empathie pour celui qui l'obligeait à laisser refroidir sa grillade. Promu responsable de la sécurité le siècle précédent, il s'en souviendrait si le journal avait embauché une dénommée Gribois !

Son regard de fouine devenait pesant, Romain s'excusa de l'avoir importuné avant de regagner l'agitation du faubourg.

Il débutait sa quête, mais, figé au milieu de la chaussée comme un individu sans projet, commença à douter. Il s'était imaginé en redresseur de torts, prêt à affronter à lui tout seul une armée composée d'espions et de maffieux ; en détective privé capable de pister n'importe quel disparu par la puissance de son esprit. Super Romain avait-il perdu ses pouvoirs en se laissant aveugler par des raisonnements emplis d'une suffisance impardonnable ?

Les mines affligées des passants le firent réagir. Il retourna s'asseoir sur le banc. Les coudes sur le haut de ses cuisses, la tête sur ses poings fermés, il réactiva sa pensée rationnelle. Soit le responsable de la sécurité rêvassait sur une serviette de plage pendant que Manon effectuait son stage à l'Est Républicain, soit elle n'avait pas obtenu sa licence à Belfort. Et là, bonjour pour la retrouver !

Ses réflexions moulinaient le même refrain lorsque quatre trentenaires s'accordèrent une pause-déjeuner. Au point où il en était, que risquait-il à les suivre ? Cela lui rappela la pitrerie favorite de Pierre : caricaturer les gestes d'un habitant de Quévreville le plus longtemps possible sans se faire remarquer. La peur au ventre, Romain observait la scène de loin. Mais il avait grandi. Pierre serait fier de moi ! reprit-il du poil de la bête en activant sa cape d'invisibilité.

Les employés s'installèrent à la terrasse du Central, une brasserie à deux pas de La Savoureuse. Il attendit qu'ils commandent, et se planta devant eux :

— Bonjour, je voudrais rendre à Manon Gribois l'appareil photo qu'elle m'avait prêté quand elle était en stage à l'Est Républicain. Je l'ai perdue de vue et ne sais comment la contacter.

Devant le mutisme général, il ajouta :

— Elle finissait sa licence en droit et comptait entreprendre des études de journalisme.

— Ça ne serait pas la grande brune qui fréquentait le prof de bowling ? émit la jeune femme qui entortillait une mèche de ses cheveux.

— Si, mais elle s'appelait Vallonnes. Et ils ont rompu. Depuis, elle a disparu des radars, affirma le binoclard du groupe, encore tourmenté à l'idée de ne pas lui avoir déclaré sa flamme.

— Elle a dû rejoindre un journal parisien ! reprocha le type qui gesticulait sur sa chaise.

— Ce professeur de bowling, vous savez où je peux le rencontrer ? demanda Romain.

— Il est toujours fourré aux « 4 As ». Un gars vachement sympa, sourit la blonde qui se peinturlurait les lèvres et ne regrettait pas que la concurrence ait perdu l'un de ses membres.

Deux Manon apprenties journalistes avaient-elles postulé à l'Est Républicain ? Manon ne portait pas le patronyme de son père. Avait-elle changé de nom parce qu'elle s'était mariée ? D'autres mystères à élucider, songea Romain en se rendant au bowling.

Même s'il ne tenait pas à renverser des quilles avec sept kilos de polyester capables de fouler un poignet au moindre faux mouvement, il souhaitait passer pour un client anodin. Sur les seize pistes, quatre étaient occupées. Normal, pour un mardi après-midi, jugea-t-il. Il observa les autres joueurs entre deux lancers et râla comme eux quand la boule partait dans la rigole. Sa partie terminée, il accéda au bar de l'établissement.

— Un demi, s'il vous plaît.

Le grand dadais qui lui apporta une pression engagea la conversation d'un ton enjoué :

— Vous venez pour la première fois ?

— Vous dites ça parce que j'ai défoncé le parquet ? J'aimerais apprendre à donner de l'effet !

— Le type à la quinze est un moniteur agréé par la fédération, annonça le serveur.

Il désigna du doigt un jeune homme habillé d'un survêtement bleu sur lequel quatre lettres majuscules jaunes formaient un arc de cercle au-dessus d'un jeu de quilles éparpillées par une boule.

— Que veulent dire les initiales S.C.F.C. ?

— Skittle Club de Franche-Comté. Cinquième au Championnat de France en nationale trois. Il menait l'équipe, à cette époque. Depuis son accident de varappe, il ne participe

plus aux compétitions. Mais il s'entraîne tous les jours pour retrouver son niveau !
— Il prend cher ?
— Allez le lui demander. Il s'appelle Guy Forté.

La moitié gauche de l'écran suspendu au-dessus des lignes quinze et seize indiquait deux cent onze points. Guy Forté disposait d'un ultime lancer pour dégommer les dix quilles sur la piste.
— Bravo, applaudit Romain en les voyant voler en éclats.
Le type se retourna.
— J'ai perdu la forme !
— Votre score est déjà impressionnant ! Je peux vous offrir un verre ?
Romain rapporta deux canettes avant d'expliquer la raison de sa venue :
— Il y a de cela une dizaine d'années, vous avez donné des cours à des journalistes. Ils se sont rappelé que vous fréquentiez Manon Gribois. Ou Vallonnes.
Romain lui livra la même salade qu'aux quatre employés : il la recherchait pour lui rendre son appareil photo. Forté sourcilla, comme si se souvenir de cette époque le contrariait. Il finit sa bière, et raconta sa rupture avec Manon Vallonnes.
Durant son stage à l'Est Républicain, Manon comprit qu'elle gâcherait son existence à relater des faits divers si elle ne poursuivait pas ses études. Elle s'était inscrite dans une école de journalisme, à Paris. Au début, elle revenait passer les week-ends à Belfort. Mais elle avait espacé ces déplacements en invoquant des prétextes invraisemblables.
Avant les vacances d'été, elle lui avait envoyé un mot. Ils avaient vécu des moments *agréables*, mais leur liaison n'avait aucun avenir. Belfort et ses habitants ne répondaient plus à ses attentes. Même si elle revenait voir sa mère, sa vie se déroulait dans la capitale. Et sans lui ! Dit comme ça, l'espoir de renouer s'était enseveli sous les souvenirs. Il consultait néanmoins ses reportages publiés sur Internet. Manon y en-

censait les ressources naturelles et culturelles de sites préservés du tourisme de masse.

Ce gentil gars n'avait pas tourné la page, pensa Romain. Il se sentit honteux de lui mentir, mais le consoler interférait avec son emploi du temps :

— Vallonnes, c'est son nom de naissance ?

— Oui. Et elle signe ses articles avec.

— Si vous avez l'adresse de sa mère, je lui rapporterai l'appareil photo.

— Madame Vallonnes est décédée l'an passé. Je ne sais si Manon a conservé la maison de Chèvremont. Où elle ne m'a jamais invité !... Si j'étais vous, je le garderais. Ça vous ferait un dédommagement !

Se faire larguer ne favorisait pas le bénévolat, approuva Romain en sortant du bowling.

Il avait éclairci ce qui le turlupinait durant sa discussion avec les quatre employés du journal : même si après sa rupture avec Guy Forté Manon s'était mariée, elle utilisait le nom de sa mère dans son parcours professionnel. Cette identification devrait lui faciliter les recherches, se réjouit-il. Cela dit, Alexandre Gribois n'avait pas reconnu sa fille, puisqu'elle s'appelait Vallonnes. Qu'elle en avait été la cause ? L'attrait d'Alexandre pour les hommes l'avait-il découragé de mener une vie de famille ? Avait-il eu la frousse d'assumer des responsabilités au quotidien ? Ses fréquentations douteuses auraient-elles fait courir un danger à Manon s'il l'avait élevée ? Alexandre et madame Vallonnes étant tous les deux décédés, Romain n'obtiendrait jamais la réponse.

En rejoignant la camionnette, il repéra un point presse. Il s'y procura une carte de la région, la consulta et prit la direction de Chèvremont. Un œil sur les panneaux, l'autre sur la Michelin étalée sur ses cuisses, il se promit d'équiper le tableau de bord d'un porte-carte avant de finir dans le décor.

Sur place, il essaya de se connecter à Internet, mais les réseaux wifi disponibles étaient sécurisés. L'unique moyen de savoir où se situait la maison des Vallonnes consistait à se renseigner auprès des autochtones.

Le centre du bourg semblait vidé de ses habitants comme durant une épidémie. Une contre-allée desservait trois commerces. La boucherie et le bureau de tabac étant fermés, il pénétra dans la pharmacie. La jeune femme qui l'accueillit ne résidait pas dans le coin, elle remplaçait la propriétaire de l'officine en congé de maternité.

Ça commençait fort ! pensa-t-il en redémarrant. Même pas l'ombre d'une boulangerie ! Ou alors, elle était bien planquée. Finalement, il s'arrêta devant une boutique de fleurs et y entra sans grand espoir.

La vendeuse emballait un bouquet. Il attendit qu'elle appose une étiquette avec les coordonnées de son magasin sur le film transparent :

— Bonjour, madame. J'aimerais voir la maison des Vallonnes, mais j'ai oublié l'adresse exacte.

— La petite en veut un prix exorbitant alors qu'elle est éloignée du centre-ville. Sinon, je l'aurai achetée pour y aménager un gîte.

— Combien de gens vivent ici ? demanda Romain.

— Mille six cents ! s'enorgueillit-elle en réajustant son tablier en plastique.

Si Chèvremont était une ville, Belfort était la capitale de l'empire intergalactique ! extrapola Romain. Mais il s'abstint de la vexer, cette femme allait lui épargner des journées de recherche dans ce bled à la noix.

— Les couronnes pour l'enterrement venaient de mon magasin ! ajouta-t-elle.

Il estima la somme à lâcher pour obtenir l'adresse :

— Je vais vous prendre douze roses blanches pour les déposer sur sa tombe.

Il jeta le bouquet sur le siège passager et suivit les indications de la fleuriste. La maison des Vallonnes dressait sa cheminée rue Stratégique. Un nom comme ça ne s'inventait pas ! pensa-t-il en se garant sur le bas-côté de la route.

Un panneau « À VENDRE » gisait près du portail. Il appuya sur la sonnette, ce qui ne provoqua aucune réaction. Manon avait-elle vidé la baraque avant de s'en séparer ? Avait-elle trouvé les documents de son père, qu'ils soient conservés sur une clé USB ou sous forme d'un dossier papier ? Connaissait-elle seulement leur existence ?

Ce coup dans l'eau ne changeait pas la donne. Il devait la contacter !

Il envisageait de répertorier sur Internet les magazines qui avaient publié ses articles quand un SUV noir flambant neuf s'arrêta devant lui. Un garçonnet sortit du véhicule et se mit à courir au milieu de la chaussée. Affolés, ses jeunes parents se précipitèrent à ses basques en vociférant de futures privations. Un sacré numéro ! rigola Romain.

Pendant ce temps, la conductrice, une cinquantenaire surmontée d'un chignon, s'empara du panneau de l'agence. Il avait dû s'envoler avec le vent, ou des gosses l'avaient retiré par jeu, pensa Romain en la voyant le raccrocher.

Elle ouvrit le portail et invita le couple à arpenter le jardin derrière la baraque avant d'y pénétrer. Visiblement, elle la faisait visiter à d'éventuels acquéreurs. Une chance d'explorer les lieux sans recourir à Manon, estima Romain en traversant la cour.

La femme avait laissé la clé dans la serrure. La crainte d'un cambriolage n'avait pas encore envahi cette contrée, apprécia-t-il en appuyant sur la poignée. Dans l'entrée, il remarqua un trousseau pendu à un clou. Des bruits de pas et des bribes de conversation provenaient de l'étage. Il en profita pour inspecter le rez-de-chaussée, en commençant par la cuisine. Les meubles en imitation bois et le carrelage jaune sentaient les fins de série et l'électroménager se résumait à une plaque de cuisson. Il ouvrit tous les placards, mais ils étaient vides. Il se rendit au salon. L'agente immobilière ayant laissé les volets fermés, il alluma une ampoule suspendue au plafond. Une dizaine de livres de poche reposaient sur une planche fixée entre les deux fenêtres. Près d'un poêle à bois, un banc supportait une pile de programmes télé datés d'un an. Par endroits, différentes surfaces de formes rectangulaires éclaircissaient les murs peints d'un jaune orangé. Manon avait décroché les tableaux et les cadres photo, pensa Romain. La pièce, vingt mètres carrés à tout casser, abritait un canapé recouvert d'un plaid verdâtre, quatre chaises et une table sans intérêt au centre de laquelle trônait un vase aux motifs chinois rempli de tulipes artificielles. Elle avait retiré les meubles et les bibelots de valeur sans tenir compte des recommandations usuelles. Les primo-accédants se passeraient du fameux *home staging* censé favoriser leur projection, ricana Romain.

Il examinait les bouquins quand le gamin descendit l'escalier en sautant à pieds joints sur chaque marche. Sa mère l'engueula et tout le monde se retrouva au salon.

— Ne vous gênez surtout pas ! hurla la femme au chignon à l'intention de Romain.

Les agents immobiliers n'étaient pas autorisés à porter des lance-roquettes, respira-t-il. Sinon il y passait !

— Je vous ai vue replacer le panneau et j'ai pensé que vous organisiez des visites. Je cherche une maison dans le coin. Celle-ci pourrait me convenir.

L'explication sembla la satisfaire. Elle se radoucit et lui apprit qu'une promesse de vente serait signée le lendemain avec les personnes ici présentes, les parents prirent un air désolé en le regardant.

Ils rejoignirent ensuite la cour et elle lui fit signe de les accompagner. Elle allait refermer la porte lorsqu'il mentionna son écharpe, oubliée sur le radiateur de l'entrée. Elle n'appréciait pas de perdre son temps avec ce genre de futilités, mais il avait déjà atteint le couloir.

Il subtilisa le deuxième jeu de clé et ressortit :

— Excusez-moi, j'ai dû la laisser dans ma camionnette.

En traversant le jardin, il lui demanda pourquoi elle avait repositionné le panneau si la maison était vendue.

— Par précaution ! Dans ce métier, tout peut arriver. Le crédit est refusé, un accident remet tout en cause… J'ai même vu des couples divorcer la veille de la signature !

— Avec moi, vous ne risquez rien, plaisanta-t-il. Je suis célibataire et compte le rester.

La femme se fendit d'un léger sourire.

— Que recherchez-vous ?

— Cette superficie, à une vingtaine de kilomètres de Belfort. Prévenez-moi si vous rentrez quelque chose d'équivalent. Ou si jamais la transaction capote. Je n'ai pas besoin d'emprunter !

Il avait proféré le sésame du parfait acheteur.

— Voici ma carte. Appelez-moi. Nous prendrons rendez-vous pour affiner vos critères, dit-elle en affichant un sourire large comme sa prochaine commission.

Romain profita de leur amitié récente pour poser une dernière question :

— Une promesse de vente doit-elle être signée chez le notaire ?

— Non. Celle-ci aura lieu à l'agence.

Les futurs acquéreurs prirent place dans le SUV, Romain rejoignit sa camionnette et l'agente immobilière le regarda s'éloigner avant de refermer le portail.

Il roula sans autre objectif que de laisser les minutes s'écouler au gré des paysages. En traversant la zone commerciale de Bessoncourt, il aperçut une grande surface, y acheta son repas du soir. Il était dix-huit heures cinquante-cinq lorsqu'il rangea un sac au logo de l'hypermarché sur la plateforme arrière du Citroën. Les chances que quelqu'un repasse à la baraque de Manon devenues minces comme du papier à cigarettes, il retourna à Chèvremont et monta directement à l'étage. La première chambre était dépourvue de meubles. Dans la deuxième, un matelas traînait sur le sol. Il ouvrit les tiroirs d'une commode en contreplaqué, secoua du linge de maison. Il palpa les murs, rechercha une cachette secrète, fouilla le grenier et la cave.

Il se rendit dans la cour où il avait repéré un abri de jardin. Un cadenas en condamnait l'accès, mais la quatrième clé, la dorée, le déverrouilla. L'intérieur recelait un balai, une pelle, du fil de fer, un sécateur rouillé.

Une visite infructueuse ! se découragea-t-il, en grimpant dans le Jumpy. Mais demain, il aurait l'occasion de parler à Manon sans passer des plombes à éplucher le Web. Toujours ça de gagné !

Il déplia sa carte Michelin. Rejoindre Grosmagny lui prendrait une vingtaine de minutes par les petites routes. Au menu de ce soir, petit salé aux lentilles ! Sans entrer dans un débat sur la compensation des contrariétés, manger lui apporterait du réconfort, saliva-t-il en enclenchant la marche arrière.

Il aurait pu rechercher un autre emplacement, mais son appétence pour les habitudes exigeait un chant du cygne homérique : clope au bec, il entreprit le tour des quatre lacs en attendant que son repas soit prêt.

15

La journée, Clémence Hervier déambulait en pyjama. Mais à l'heure du dîner, elle sortait le grand jeu. Elle pénétra dans le salon en affichant son collier de perles à triple rang, chaussait des escarpins et portait une robe de cocktail rouge sur laquelle tombait sa longue chevelure bleue tachetée de noir et de gris clair, comme du granite de Bahia. Un rituel en circuit fermé puisqu'elle ne quittait jamais leur domicile. Le sport, elle pratiquait le vélo d'appartement et le yoga dans sa chambre ; les courses, elle se faisait livrer ; le boulot, elle l'effectuait via Internet ; le reste, Pascal, son frère jumeau, s'en occupait !

— J'ai préparé un gratin d'endives au jambon. On passe à table ?

— Certainement, répondit le commandant en finissant son verre de bourbon.

Clémence ne s'était pas toujours auto-confinée. Le directeur de l'école Polytechnique la félicitait d'une poignée de main chaleureuse pour son classement lorsque *le phénomène* se produisit pour la première fois. Elle avait ressenti une décharge électrique monter le long de sa colonne vertébrale, la vision du bonhomme en train de cramer dans sa bagnole imprégnant ses rétines jusqu'à ce qu'elle s'évanouisse. Ses proches mirent ça sur le compte de l'émotion après des études longues et stressantes. La semaine suivante, les journaux rapportèrent que le directeur avait emplafonné un camion-citerne avec sa voiture, le tout avait pris feu. La théorie du hasard affichée par les Hervier en prit un coup le mois d'après. Le père et la mère recevaient des amis quand Clémence était tombée dans les pommes en embrassant une invitée : elle venait de la voir s'électrocuter dans sa baignoire. Se succédèrent un collègue de travail, son amoureux, une tante pourtant coriace... Tous trépassèrent selon ses prédictions. Au sein de la famille, les avis fleurirent en ordre dispersé : électrochocs ; cure de sommeil ; psychothérapie comportementale ; déportation sur une île déserte ; ouverture d'une boutique avec boules de cristal et tout le tralala... Finalement, Clémence arrêta de serrer des mains et de poser ses lèvres sur des chairs innocentes.

Quand leurs parents s'installèrent dans le sud de la France pour passer leur retraite, Pascal et Clémence continuèrent d'habiter l'appartement ; chacun leur chambre, chacun leur bureau, tel un vieux couple d'aristocrates. Dans l'immense pièce de vie, ils écoutaient de la musique ou lisaient après s'être entretenus de leurs journées respectives pendant le dîner.

— J'imagine que tu n'es pas allé chez Gallinot dans le seul but de bouffer avec lui !

Cacher quoi que ce soit à sa sœur était inutile. Il lui rapporta l'intégralité des propos qu'ils avaient échangés.

La mort des autres, Clémence la voyait venir en touchant leur peau. Mais depuis qu'elle y avait renoncé, elle facturait une somme rondelette les avenirs moins alarmistes qui lui traversaient l'esprit lorsqu'elle observait des photos, manipulait des objets, tirait les cartes... Son charlatanisme pour paumés des beaux quartiers aurait pu alimenter les sarcasmes de son cartésien de frère si le pourcentage d'erreurs avait, ne serait-ce qu'une fois, décollé du zéro !

— Si les intentions d'Alain Degay t'échappent, apporte-moi un truc qu'il tripatouille régulièrement et qu'il a été le dernier à saisir. C'est important ! lança-t-elle avant de servir les endives.

16

Une Peugeot 208 s'immobilisa sur le parking de l'agence à dix heures quarante. Le couple d'acheteurs croisé la veille en descendit. Cette fois, ils étaient venus sans leur môme. Dix minutes plus tard, une Audi A3 se rangea à côté de la Peugeot. De là où il était – appuyé contre un muret, à une cinquantaine de mètres –, Romain distingua une silhouette élancée pénétrer dans le bâtiment. Une journée lui avait suffi pour retrouver Manon, se félicita-t-il.

Lorsque Judith et lui avaient vendu la maison de Quévreville, le passage chez le notaire avait duré une heure et demie. Il avait donc le temps d'élaborer son texte en arpentant le trottoir. Marcher l'aidait à mémoriser.

Il pensait aborder Manon dès sa sortie, mais il tournait le dos à l'agence au moment où les acteurs de la transaction se serrèrent la main avant de monter dans leurs véhicules. En revenant sur ses pas, il s'étonna de voir l'Audi franchir la grille du parking. La lecture du compromis s'était contentée d'une quarantaine de minutes ! réalisa-t-il. Il se précipita vers la camionnette, mais, le temps d'exécuter un demi-tour, l'Audi s'était engagée dans une rue perpendiculaire.

Impossible de la rattraper sans brûler des feux rouges. Il essaya, mais les passants le dévisageaient comme s'ils croisaient un dangereux criminel à guillotiner sur le champ. Il réduisit sa vitesse et se demanda où Manon pouvait aller. Dans la baraque qu'elle venait de vendre, pour finir de la débarrasser ? Sur un autre continent, à cause de son boulot ? Il prit la direction de Chèvremont.

Aucun véhicule ne stationnait devant la maison. Il s'approcha du portail et regarda à travers les barreaux. L'Audi n'était pas garée dans la cour. « Merde ! » cria-t-il. Dix secondes d'inattention et il allait perdre des journées entières à rechercher Manon !

Il écrasait sa cigarette contre un poteau électrique quand un bruit de moteur monté dans les tours retentit. Des pneus crissèrent et l'Audi déboula en survirage dans la ligne droite. Après une dernière accélération, Manon donna un coup de frein brutal pour se ranger derrière le Jumpy.

Elle se dirigea vers Romain en affichant un air contrit :

— Désolée, mais la maison n'est plus à vendre, lança-t-elle avant de sortir un trousseau de clés de son sac à main.

Sa taille – Manon frôlait les un mètre quatre-vingt –, ses yeux verts en amande, les traits de son visage d'une finesse naturelle, ses lèvres charnues tout en restant gracieuses, révélaient un lien de parenté incontestable avec Alexandre. Elle était si élégante dans sa robe en laine, noire comme ses cheveux coupés au carré, s'ébahit Romain. Judith, sa sœur, attirait les regards. Mais elle ressemblait à une brebis égarée en quête de protection rapprochée. Nimbée d'un champ de force, la beauté de Manon crucifiait la vaillance des hommes. Ceux qui s'étaient abstenus de décrypter son code d'accès devaient se compter par milliers. Par peur d'un gros gadin ! supposa-t-il en s'incluant dans la liste.

Sans se préoccuper de sa présence, elle traversa la cour.

Romain, tu n'auras pas de troisième chance. Ressaisis-toi !

— Manon ! cria-t-il en poussant le portail.

Étonnée qu'il mentionne son prénom, elle se retourna :

— Nous nous sommes déjà rencontrés ?

— Je m'appelle Romain Favre et suis venu vous parler de votre père.

Le visage de Manon refléta la stupéfaction – jusqu'à présent, personne ne lui avait fourni d'information sur son géniteur. Et la colère :

— Ce salaud a abandonné ma mère alors qu'elle me portait dans son ventre. Sans même se justifier !

— D'après moi, il lui a expliqué les raisons de son geste. Mais elle a dû penser qu'en vous dissimulant ces informations elle vous épargnerait la déception d'une recherche vouée à l'échec. Quoi qu'il en soit, vous êtes en danger ! Pouvons-nous discuter à l'intérieur ?

Manon ne laissait pas des inconnus pénétrer chez elle. Mais ce type, d'une banalité à toute épreuve, dégageait une gentillesse enfantine. Se retrouver seule avec lui ne lui faisait pas peur. Même s'il cachait bien son jeu, sa ceinture noire de judo lui assurerait d'avoir le dessus.

— Suivez-moi !

Elle le précéda dans la cuisine et lui désigna un siège.

— Je nous prépare un café. Vous prenez du sucre ?

— Je… Comme vous voulez, bafouilla Romain en se sentant tout bête tant cette jeune femme l'impressionnait. Il avait cinq ans de plus qu'elle et se comportait en gamin amoureux de sa maîtresse d'école.

Il suspendit son duffle-coat au dossier de la chaise.

En tout cas, il avait franchi la première étape avec succès. Cela ne s'était pas passé comme il l'avait prévu, mais la logique l'avait emporté sur les impondérables.

Manon posa deux tasses sur la table.

— Attention, c'est brûlant ! Je courrai donc un danger, dit-elle en prenant place en face de lui.

— Cette histoire est… déroutante !

Elle le regarda avec sévérité. Elle perdait son temps avec les élucubrations d'un mythomane. Elle l'écouta néanmoins sans l'interrompre, mais son esprit vagabondait sur sa prochaine destination : la Birmanie et sa vallée aux deux mille temples. Que de chemin parcouru depuis Belfort ! Le récapitulatif de sa carrière cessa lorsque Romain étala deux articles de presse devant elle.

— Celui-ci concerne l'explosion au domicile d'Alexandre Gribois… Celui-là, l'accident de mon ami Pierre.

Manon les survola, ses doigts pianotant la table. Cet entretien insensé commençait à lui taper sur le système.

— Je ne sais pour quelle raison vous m'importunez avec ces faits d'hiver. Je n'ai jamais entendu parler de cet Alexandre Gribois, mon soi-disant père. Encore moins de son compagnon sud-américain ou de votre copain comédien. En plus, vous insinuez que ma mère m'aurait menti pendant trente ans. Partez ! ordonna-t-elle en lui désignant la porte.

Pour seule réaction, Romain lui demanda la permission d'aller aux toilettes.

Il n'arriva pas à vider sa vessie, trop de tensions. Et ça ne s'arrangea pas lorsqu'il identifia la grossière erreur qu'il venait de commettre en se rendant aux vécés, comme un habitué des lieux, sans s'être fait indiquer leur emplacement.

Il rejoignit la cuisine pour récupérer son manteau, mais Manon le contraignit à s'allonger sur le carrelage. Elle enchaîna par un Jikogu Jime, une prise d'étranglement. Si, par malheur, elle augmentait sa pression sur la tête de Romain coincée entre ses jambes, c'était la mort assurée.

— Vous me dites ce que vous me voulez ou j'appelle les flics ! Et vous me redonnez mes clés !

Romain ne pouvait se dédoubler. Il la supplia de desserrer son étreinte, qu'il puisse respirer. Elle agréa et il délivra son va-tout :

— Votre père, dans la poche intérieure.

Manon se releva, s'empara du duffle-coat et y récupéra le portefeuille. Elle en profita pour contrôler la carte d'identité du visage pâle qui avait viré au violet. Il se nommait bien Romain Favre.

Elle examina les autres papiers :

— Je ne vois rien ! s'énerva-t-elle en revenant vers lui, son pied prêt à lui fracasser le crâne s'il tentait quelque chose.

— Dans la pochette, la photo.

En découvrant le portrait d'Alexandre, son regard se figea comme si elle distinguait un zombie.

— Vous lui ressemblez comme deux gouttes d'eau, émit Romain en reprenant son souffle.

Elle se rassit et ses digues cédèrent :

— Il nous a abandonnées. Par peur de revivre une deuxième séparation, ma mère ne s'est jamais remariée… Il m'a tellement manqué !

Sujet aux contagions émotionnelles, Romain se sentit aspiré vers des profondeurs d'où l'on ne remontait qu'en renonçant à sa carapace. Il se rappela avoir serré Judith dans ses bras, pour se réconforter l'un l'autre après l'enterrement de leurs parents. Il n'osa reproduire ce geste salvateur par peur d'une interprétation erronée, mais tenta de lui redonner du baume au cœur :

— Peut-être refoulait-il son homosexualité à l'époque où il fréquentait votre mère. Cela dit, il éprouvait de la fierté en évoquant votre parcours. Il désirait rejoindre son copain en Amérique du Sud, mais s'éloigner de vous lui était insupportable.

Manon pleurait à chaudes larmes. Il se releva, se posta derrière elle et ne s'empêcha pas de lui masser les épaules. Une attention qu'elle encouragea en appuyant sa tête contre son torse.

Avait-il trouvé le premier chiffre du code ?

— Que comptez-vous faire ? demanda-t-elle.

— Alexandre détenait des photos et des vidéos de personnalités en train de participer à des orgies. Mais je ne sais sous quelle forme il les a stockées. Papier, clé USB, disque dur, en pièce jointe d'un mail ? Je dois les récupérer pour venger les assassinats de mon ami Pierre et de votre père. Et pour sauver ma peau !

Il déposa le trousseau sur la table et ajouta :

— Si vos parents sont restés en contact, après leur séparation, Alexandre a pu remettre à votre mère un double du dossier. Mais je n'ai rien trouvé en fouillant cette maison. Possédait-elle un coffre dans une banque, ou quelque chose de ce genre ?

— Celui à la Société Générale contenait une bague sans valeur. Après son décès, j'ai trié tous ses papiers. Je n'ai pas remarqué de courrier de mon père. Ni les documents dont vous parlez. Comment allez-vous les retrouver ?

— Vous représentiez ma piste la plus prometteuse. Mais deux possibilités subsistent. Alexandre a peut-être conservé des liens avec un ancien collègue ou un élève à qui il enseignait le russe. J'irai à Grenoble. Et si ça ne donne rien, je tâcherai de me renseigner sur son compagnon avant de traverser l'Atlantique. Je commencerai bien par lui, mais je n'ai pas son nom et son adresse !

— Voici mon numéro personnel, dit-elle en sortant une carte de visite. Tenez-moi au courant du résultat de vos recherches. Si je m'organise à temps, je pourrai vous accompagner.

— Je reviens dans une minute, fit Romain.

Il rapporta un Nokia et le lui tendit.

— Je vous contacterai sur ce téléphone. En cas d'urgence, vous appuyez sur 3 pour m'appeler. N'entreprenez pas d'investigations inconsidérées sur Internet. Ne changez rien à vos habitudes. Quant à me rejoindre, on verra si c'est réaliste.

Manon était abasourdie. Cet homme lui avait révélé l'identité de son père, mais il lui ordonnait d'attendre gentiment la suite des évènements sans tenter de les provoquer !

— À quoi riment toutes ces précautions ?

— Manon, je ne parle pas de voleurs à la sauvette ! Ces types sont redoutables. Ils retracent tous mes faits et gestes. Ne leur facilitons pas le boulot ! Je vais vous laisser. Merci de m'avoir écouté.

— Vous partez de suite à Grenoble ou avez-vous réservé une chambre d'hôtel ?

— Je me suis trouvé un coin pénard, je dormirai dans la camionnette.

— Il reste un matelas en haut. Vous pouvez l'utiliser cette nuit, si ça vous arrange. Mais vous devrez déguerpir avant dix heures. Les acheteurs vont revenir avec un architecte.

Elle s'avança vers Romain et déposa un baiser sur sa joue.

— Je m'excuse pour tout à l'heure. Donne-moi bientôt de tes nouvelles.

17

Hervier pénétra dans son bureau à neuf heures. Cerbère bloqué en mode zéro alerte, il ne cessa de ruminer des hypothèses invérifiables. Jusqu'à ce qu'il aille arpenter le trottoir devant le Papinou. Il alluma une cigarette et aperçut l'adjudant Guillaume Macé qui venait à sa rencontre.

— Bonjour, commandant. Vous êtes sorti fumer une clope ou il ne reste plus de place ? s'inquiéta Macé.

— J'ai réservé une table. On mange ensemble ?

— Volontiers.

Les deux hommes dégustèrent des paupiettes de veau. Hervier lança son hameçon avant le clafoutis aux pruneaux :

— Le type décédé dans une explosion, tu savais qu'il résidait dans une de nos planques ?

— Première nouvelle. De toute façon, mon grade ne me donne pas accès aux adresses de la boutique !

— Mais pourquoi l'avez-vous surveillé ?

— Aucune idée, commandant. On ne me dit rien, je dois me contenter de tirer le portrait à des inconnus quand le boiteux me l'ordonne !

— Guillaume, j'aimerais voir la tête de ces types.

— Je récupère la carte SD sur l'appareil photo et je monte dans votre bureau.

Hervier ne tenait plus en place. Il était quatre heures de l'après-midi et Macé se faisait toujours attendre. Avait-il eu des problèmes avec le boiteux ? Avait-il trouvé étrange son insistance à propos de la mort d'Alexandre Gribois ? Son inquiétude grandissait quand l'adjudant cogna à la porte.

— Excusez-moi, commandant, je me suis endormi, dit-il en introduisant la carte mémoire dans l'ordinateur d'Hervier.

Son contenu s'afficha sur l'écran. Dans le dossier *Parnasse*, il cliqua sur un fichier JPEG :

— L'entrée du théâtre et le café, montra-t-il. J'adore les vues d'ensemble. Ça m'aide à me souvenir... Voici Alexandre Gribois, la victime de l'explosion..., le même avec un comédien..., la pizzeria..., et le comédien en train d'y bouffer. Ces deux gars vous disent quelque chose ?

— Non. Mais je connais enfin le visage du type qui logeait gratuitement chez nous !

— Le comédien est mort quelques jours après ! informa Macé.

— Pardon ? s'étrangla Hervier.

— D'après Liniac, Pierre Darvaut s'est viandé en scooter à cause de la pluie.

— Quand a eu lieu l'accident ?

— Dimanche dernier, du côté de Saint-Soupplets. C'est en Seine-et-Marne. Liniac a voulu qu'on y passe. On s'est même tapé l'hôpital de Jossigny pour voir le légiste. Tout ça pour des prunes, si vous désirez mon avis !

— Tu nous rapportes deux cappuccinos ? proposa Hervier en lui donnant de la monnaie.

Il profita de son absence pour copier les fichiers sur sa clé USB.

Et se rendit à la machine à café. Un gobelet en main, Guillaume Macé regardait le deuxième se remplir.

Hervier interrompit sa contemplation :

— Tu avais oublié ta carte mémoire, dit-il en la lui remettant.

Hervier rejoignit son bureau pour vérifier sur Internet si Pierre Darvaut avait bien joué au Parnasse le soir où Guillaume Macé avait appuyé sur le déclencheur. Il positionna un portrait officiel du comédien à côté d'une photo prise par l'adjudant et compara les visages affichés sur l'écran. Aucun doute possible : ce soir-là, Pierre Darvaut avait discuté avec Alexandre Gribois. Il imprima le cliché sur lequel on les voyait converser et rechercha si l'accident de Pierre Darvaut avait noirci une colonne dans un journal local. Un pigiste avait débité les banalités d'usage : les dangers du deux-roues et d'un excès de vitesse sous la pluie, les réflexes amoindris par l'alcool… ! Il entra une adresse sur son téléphone, saisit à deux bras une épaisse pile de papiers et se rendit au *scan*.

Il s'approcha d'Étienne Duroux, scotché devant son ordinateur. Tout en répertoriant les objets qui traînaient sur la table, il fit mine de s'intéresser aux pages numérisées qui abreuvaient Cerbère.

— Journée agitée ou calme plat ?
— Rien à l'horizon, commandant. Vous trafiquez quoi avec ce stock de feuilles ?
— Ma sœur m'a demandé de lui photocopier son manuscrit en plusieurs exemplaires.
— Vous avez une frangine ?
— Je ne suis pas le seul ! Étienne, j'ai oublié mon briquet. Je peux emprunter le tien, le temps de fumer une cigarette ?
— Allez-y.
— J'ai les bras encombrés, ça t'ennuierait de le glisser dans ma poche ?

Hervier descendit de sa Volvo à dix-sept heures. Il traversa le parking de la gendarmerie de Saint-Soupplets et se présenta à l'accueil. L'officier chargé de l'affaire était parti en mission. En insistant, il obtint de lire son rapport. L'automobiliste qui avait découvert le corps avait prévenu les secours. Mais quand ils étaient parvenus sur le lieu du drame, Pierre Darvaut ne respirait plus, son scooter flirtait avec le macadam, à une vingtaine de mètres. L'enquête montra qu'à dix-sept heures trente un gars du coin n'avait rien remarqué en promenant son chien sur cette route peu fréquentée. Les pompiers ayant reçu l'appel à dix-sept heures quarante-trois, l'accident s'était donc produit durant ce laps de temps. Les archives météorologiques confirmèrent qu'il avait plu tout l'après-midi. D'après ses parents, ils avaient arrosé le déjeuner et Pierre aimait les sports de glisse. Le rapport en avait conclu une perte de contrôle de l'engin pour cause d'allure excessive, de mauvaises conditions atmosphériques et d'abus d'alcool. Affaire classée !

Hervier s'apprêtait à partir, mais le gendarme à l'accueil lui signala l'arrivée du lieutenant Marcelin.

Un moustachu dans la quarantaine, plus à l'aise au guidon d'une BMW que devant une pile de procès-verbaux, se présenta. Il invita Hervier à le suivre dans son bureau. La pièce sentait le récent, comme le reste du bâtiment. Par manque de moyens ou par incompréhension du cahier des charges, l'architecte avait multiplié les cloisons pour abriter les vingt-quatre membres de la brigade. Ou les effectifs avaient grossi entre-temps, supputa Hervier en s'asseyant en face de Marcelin.

— Vous avez demandé à lire mon rapport ?
— En effet, lieutenant. Et vos conclusions ne m'ont pas convaincu. Un chauffard a pu renverser Pierre Darvaut avant de s'enfuir. Avez-vous examiné le scooter ? Des traces de peinture ou de pare-chocs permettraient de valider cette hypothèse.

Marcelin regarda Hervier avec condescendance. Ce flic de Paris pensait lui apprendre son métier !

— Nos scientifiques ont passé le deux-roues au crible. Ils n'ont rien trouvé. Votre théorie du chauffard ne tient pas. Darvaut avait picolé. D'après les marques laissées sur la chaussée, il devait rouler entre cent et cent dix quand il a glissé. La circulation est inexistante à cette heure-là. Il a voulu vérifier si son engin en avait dans le ventre !

— Vous pourriez m'emmener sur les lieux de l'accident ?

Marcelin fit un rapide calcul : vingt minutes l'aller-retour, autant sur place. Il regarda sa montre, il serait débarrassé de ce type avant l'apéritif.

— C'est parti ! dit-il en remettant son képi.

Marcellin gara la Renault Mégane aux couleurs de la gendarmerie derrière des traces de peintures. Les deux hommes descendirent de la voiture et s'en approchèrent. Elles représentaient les contours d'une personne recroquevillée.

— On l'a trouvé dans cette position, indiqua Marcelin. Il s'est engagé trop vite dans le virage et a dérapé. Il a donné un coup de guidon pour redresser sa machine, mais le talus a fait office de tremplin. Sa tête s'est fracassée contre ce platane et le Piaggio a valdingué de l'autre côté de la route.

À se demander si Marcelin n'avait pas assisté à la scène ! s'irrita Hervier. Dès la fin de la démonstration, il multiplia les allées et venues entre les traces de freinage, l'arbre, les emplacements du corps et du scooter. Mais aucun élément ne permettait de réfuter les explications du lieutenant.

Hervier lambinait, mais voir un officier supérieur de la police nationale s'incliner devant un gendarme valait bien de rater la première tournée. Marcelin en rigolerait avec ses collègues !

Un sourire narquois aux lèvres, il apprécia son moment de gloire :

— Puis-je vous apporter mon aide, commandant Hervier ? ironisa-t-il, en les ramenant.

— Remettez-moi une photocopie de votre rapport et l'adresse de l'unité médico-judiciaire !

Hervier arrêta de pester contre les couloirs interminables de l'hôpital de Jossigny, un énorme parallélépipède recouvert d'aluminium et de verre réfléchissant une lumière argentée, et pénétra dans le service du Dr Huchard. Une jeune femme le conduisit dans la salle d'autopsie.

Sa longue chevelure blanche éparpillée sur un dos voûté par trois décennies passées à tripatouiller des entrailles, Huchard, planté devant une table sur laquelle reposait un cadavre, enregistrait un compte-rendu sur son dictaphone.

La secrétaire attendit qu'il l'éteigne pour annoncer :

— Docteur, le commandant Hervier souhaiterait vous parler.

Se pinçant les lèvres, ses yeux et ses mains levés vers le plafond, elle plaidait son impuissance à empêcher ce policier de s'introduire. Huchard la renvoya d'un geste bienveillant.

— Que me vaut l'honneur de votre visite, commandant ?

— J'enquête sur Pierre Darvaut, la victime d'un accident de scooter dimanche dernier sur la D41, entre Saint-Mard et Montgé-en-Goëlle. D'après le rapport de gendarmerie, vous n'avez pas jugé nécessaire de pratiquer une autopsie.

— Les fractures observables provenaient de sa chute. Le pauvre garçon portait un casque, mais entre la vitesse du véhicule, autour de cent d'après les relevés, et la hauteur en grimpant sur le talus, dans les trois mètres, il est mort sur le coup. L'angle de sa tête au moment du choc lui a été fatal. Vertèbres cervicales fracassées ! Ses parents habitent à cinq cents mètres. Ils l'ont identifié pendant que je procédais aux premières constatations. Leur fils avait passé le week-end chez eux et se rendait à Lyon. Le père m'a confié qu'ils avaient bu avec modération, mais la mère semblait dubitative. La prise de sang a tranché : un gramme trois, deux heures après être sorti de table !

— Vous n'avez donc aucun doute sur les causes du décès.

— Les conséquences directes peuvent découler des indirectes !

— Que voulez-vous dire ?

— Comme aucun témoin ne s'est manifesté, Marcellin m'a demandé de vérifier si l'accident avait bien occasionné les fractures.

Marcellin s'avérait plus consciencieux qu'il ne l'avait jugé, apprécia Hervier.

— En le déshabillant, poursuivit Huchard, j'ai trouvé un courrier adressé au Canard enchaîné dans la poche arrière de son jean. Pierre Darvaut y parlait de son téléphone placé sur écoute, d'un certain Alexandre mort dans une explosion, le tout orchestré par les services secrets.

— Vous pourriez me donner cette lettre ?
— Un capitaine est venu la récupérer, le surlendemain.
— Un policier ou un gendarme ?
— Les gars de Saint-Soupplets, je les connais tous. Le lieutenant Marcelin et ses hommes s'évertuent à développer leur côté bourru, mais je n'ai aucun doute sur leur honnêteté. Je n'en dirai pas autant du boiteux qui m'a brandi sa carte sous le nez !
— Vous l'aviez déjà vu ?
— Non. Et je ne lui ai pas demandé ses papiers ! Son air à vous trucider pour une broutille n'engendrait pas l'empathie. C'est pourquoi je lui ai remis une photocopie. Sur l'original, j'avais observé des marques laissées par la pression d'un stylo-bille sur l'enveloppe. Sous une lumière rasante, des sillons dessinent le prénom d'un autre destinataire. Ça vous intéresse ?

Revenu chez lui, Hervier se précipita dans sa chambre. Il y inclina la lettre de Pierre Darvaut sous sa lampe de bureau et distingua *Romain*. Comme l'avait mentionné le Dr Huchard, le nom de famille et l'adresse étaient illisibles. Mais il ne prendrait pas le risque de demander une détection électrostatique ESDA, un matériel de pointe dont disposait la DGSI.

Il se pencha ensuite sur son contenu. Darvaut dénonçait un complot fomenté par la DGSI ! Si l'on écartait son romantisme révolutionnaire à fleur de peau, on pouvait le créditer d'une perspicacité à relier des faits entre eux et à poser les bonnes questions. Des questions et des éléments de réponse qu'il soumettait à ce Romain.

Hervier afficha sur l'écran de son ordinateur les photos qu'il avait dupliquées à l'insu de Guillaume Macé. Sur la P0322, on apercevait Pierre Darvaut attablé au fond de la salle. Il y dînait seul. Mais sur la suivante, la nuque d'un individu masquait la tête du comédien. En réexaminant le premier cliché, Hervier remarqua la trombine d'un jeune homme dans un miroir fixé derrière la caisse enregistreuse. Il imprima un agrandissement du visage, se demanda s'il appartenait à Romain et composa le numéro d'une compagnie de taxi.

Le chauffeur le déposa devant la pizzeria. Hervier fit mine de consulter le menu placardé sur la vitre pour observer les clients. Près du four à bois, une femme occupait la même table que celle empruntée par Pierre Darvaut. Il se plaça de façon à respecter l'angle de prise de vue utilisé par l'adjudant Macé, et regarda en direction du miroir. La figure d'un garçon âgé d'une dizaine d'années s'y reflétait. Il se rendit à l'intérieur et traversa la salle comme s'il cherchait quelqu'un. L'adolescent était assis en face de la femme.

Hervier sortit du restaurant en marmonnant de vagues excuses, et se dirigea vers Le Parnasse. Le bar était bondé, il peina à se frayer un chemin jusqu'au comptoir où il montra le portrait de Romain à la serveuse. Ce type ressemblait comme un clone au jeune homme qui avait éprouvé un malaise en apprenant le décès de Pierre Darvaut, affirma-t-elle. Ils s'étaient connus à la fac. Dans les trente-cinq ans, cheveux noirs mi-longs, yeux marron. Il portait un duffle-coat vert foncé quand il était venu une semaine auparavant assister au spectacle. Il s'était assis près de l'escalier et avait consommé deux daïquiris ! Hervier s'étonnant qu'elle se souvienne d'autant de détails, elle répondit qu'elle était physionomiste. Et qu'elle l'avait trouvé sympa et mignon ! Son nom et son adresse ? Elle ne radiographiait pas les papiers d'identité à travers les vêtements !

À propos de Pierre Darvaut, elle mentionna un hommage organisé par le théâtre. Toute la soirée, de nombreux artistes, dont ses deux derniers partenaires, allaient lire des extraits de ses pièces.

Hervier les aborda lors d'une pause, mais le visage sur la photo leur évoqua le portrait-robot de monsieur Tout-le-Monde.

Il retourna chez lui, se coucha, éteignit la lumière, ferma ses paupières…, et cogita. Romain n'était pas un habitué du Parnasse, mais il y était venu deux fois en une semaine. Il avait dîné avec Pierre Darvaut et s'était évanoui quand la serveuse lui avait annoncé sa mort. Leur amitié remontait à la faculté. Une piste à suivre ?

Il ne possédait pas assez d'éléments pour envisager une théorie et devait se renseigner sur ces deux gars, en toute discrétion. Il projetait de rencontrer les parents de Pierre quand ses neurones débrayèrent.

18

Romain conduisait tout en repensant à Manon qui l'avait gratifié d'une bise. Si ce geste constituait le deuxième chiffre du code, un cadeau représenterait-il le troisième ? Il songea au dernier Noël passé chez sa sœur et son mari. Xavier avait donné une robe à Judith. Les fois précédentes, un collier, son parfum préféré. Mais ces attentions coutumières à l'intérieur d'un couple établi s'apparenteraient à de l'ingérence de la part d'un type qui avait discuté une petite heure avec la fille dont il avait le béguin. Alors quoi ? Des chocolats ou des marrons glacés, comme salivaient les anciens ? Des fleurs, pour qu'elles pourrissent dans un vase, symbole de sentiments éphémères ?

Et lui, qu'offrait-il lors de ces Noëls ? Des jouets, à sa nièce et à son neveu. Des DVD, à leurs parents. Il apportait du vin et du Champagne, pour participer aux frais. Les joujoux, Manon avait passé l'âge. Les films, tout le monde n'appréciait pas le cinéma. Du pinard ? Et pourquoi pas une bonbonne de Ricard assorti d'un abonnement à l'Équipe, pendant qu'il y était ! Comment était-il devenu un empoté pareil ? se lamenta-t-il.

Au lieu de prendre rendez-vous avec un psy, il préféra s'énerver contre le conducteur du semi-remorque derrière lequel il se traînait. Après Morestel, il profita d'une longue ligne droite pour rétrograder et se déporter sur la gauche, mais freina le pied au plancher afin d'éviter un tracteur qui sortait d'un chemin improbable.

La frayeur s'estompa en prenant son temps, comme le chauffeur du poids lourd ! À Veyrins-Thuellin, le village suivant, il pria le saint patron des routiers d'imposer à ce foutu camion un changement d'itinéraire. Le voyant continuer sur la départementale, il se gara sur la place de l'église et but un demi à la terrasse d'un bar restaurant. Il avait six heures de trajet dans les pattes et méritait une pause.

Quand la fraîcheur du soir tomba sur ses épaules, il pénétra à l'intérieur de l'établissement, commanda un steak-frites et demanda au serveur la permission de connecter son ordinateur au wifi. Il apprécia la tendresse du bœuf, et chercha un emplacement caché des regards dans les environs de Grenoble.

Camper autour de la préfecture de l'Isère s'avéra compliqué. Le moindre sentier débouchait sur une habitation, le parc national du Vercors était surveillé, les massifs montagneux semblaient inhospitaliers. Il consomma un deuxième déca et remarqua un bout de chemin bordé de hêtres.

Son futur lieu de résidence se situait à une trentaine de kilomètres au sud-est de Grenoble. Il suivit le trajet indiqué sur les captures d'écran et emprunta une vicinale entourée de champs en friche vers une heure du matin. Au bout de deux cents mètres, il planqua la camionnette entre les arbres.

Il regarda le ciel – pleine lune, sans nuage – et aperçut une étoile filante. Un présage idéal pour un chercheur de documents !

19

Sa Volvo à cheval sur le bateau des Darvaut, Hervier se sermonna avant d'appuyer sur la sonnette. Ils venaient de perdre leur fils unique. Inutile d'ajouter à leur chagrin des présomptions d'assassinat.

Un sexagénaire, un béret sur la tête et des sabots aux pieds, étendait d'une main tremblante des copeaux de bois sur un parterre de fleurs. Il se redressa et marcha vers le portail :

— Vous désirez ?

— Monsieur Darvaut, je souhaiterais m'entretenir avec vous à propos de Pierre, annonça Hervier en tendant sa carte de policier à travers les barreaux métalliques.

René s'essuya les doigts sur sa salopette avant de l'examiner.

— Suivez-moi, dit-il en déclenchant la serrure.

Il conduisit le commandant à l'intérieur d'une longère dont la décoration dénuée de style indifférait ses occupants, le fit asseoir dans le salon et demanda :

— Vous avez du nouveau ?

— Je travaille sur une autre affaire dans laquelle une relation de votre fils, un certain Romain, apparaît. Mais j'ignore son nom ! Le reconnaissez-vous ? espéra Hervier en lui mettant l'agrandissement entre les mains.

René le regarda une dizaine de secondes :

— Ce gars ne me dit rien. Un comédien, comme Pierre ?

— Peut-être.

— Nous avons de la visite ? fit Madeleine.

En robe de chambre et en pantoufles, elle avait pénétré dans la pièce sans faire de bruit. Ses traits tirés et ses paupières boursouflées manquaient de repos, s'émut Hervier.

— Monsieur est policier, répondit son mari. Il enquête sur un ami de Pierre.

Hervier prit un ton chaleureux en s'approchant d'elle :

— Bonjour, madame. Je vous présente mes condoléances pour le décès de votre fils.

Elle réprima un dernier sanglot et René lui montra la photo.

— Ils étaient inséparables pendant nos vacances à Quévreville, se rappela-t-elle. La première fois, ça devait être en 1991. Ou 1992. Tu venais d'acheter la XM.

— 92, précisa René.

Il devait tenir à sa voiture comme à la prunelle de ses yeux, pensa Hervier.

— Je leur préparais des tartines et ils filaient sur leurs vélos tous les après-midi. Il est devenu un homme, mais son visage dégage la même douceur qu'à l'époque. Il se nomme Romain Favre, dit-elle en donnant le tirage au commandant.

— En quoi cela concerne-t-il Pierre ? demanda René.

Hervier rangea la photo dans son portefeuille sans se presser, le temps d'élaborer une réponse satisfaisante.

— Pour des raisons que je ne peux vous confier, nous croyons qu'il court un grave danger. Nous avons découvert qu'il avait assisté à la pièce de votre fils, mais ne disposons que de cette photo pour le retrouver.

— La veille de l'accident, j'ai posté une enveloppe destinée à Romain, lâcha Madeleine. Ils ont dû se revoir par hasard, parce que Pierre ne m'a jamais reparlé de lui. J'étais étonnée qu'il lui écrive. Je pensais lui en toucher deux mots, mais j'ai oublié !

— Vous rappelez-vous l'adresse ?

— Juste le nom de la ville : Arcueil.

Hervier leur remit sa carte de visite.

— Tout ceci est ultraconfidentiel. N'en discutez avec personne. Et prévenez-moi si des individus se présentent pour vous poser des questions sur Romain. Même des officiers de police !

Pierre Darvaut avait envoyé une lettre à Romain Favre. Un double de celle récupérée par le docteur Huchard. Pour le moment, Hervier était le seul à avoir remarqué le reflet de son visage sur la photo. Il devait le retrouver avant les sbires de Degay. Sinon, il ne donnait pas un kopeck de sa peau.

Il monta dans sa voiture et tapa *Romain Favre – Arcueil* sur son smartphone. D'après les pages jaunes, le jeune homme habitait le quartier de la Vache Noire.

Avec sa grosse lézarde qui grimpait le long de la façade, du trottoir jusqu'aux gouttières, l'immeuble de quatre étages ne payait pas de mine. Néanmoins, la station du RER à proximité permettait aux prix de s'envoler. Hervier mesurait combien sa sœur et lui étaient privilégiés de résider près du parc Monceau, sans loyer ou crédit à acquitter.

Il regarda les noms inscrits sur l'interphone, Romain logeait au troisième gauche. Arrivé sur le palier, il sentit une odeur de tabac froid. Il colla son oreille sur la porte et attendit une minute avant de crocheter la serrure. Une impression d'ordre et de sérieux se dégageait du deux-pièces. Il aurait parlé d'austérité s'il n'avait repéré un téléviseur soixante-dix-sept pouces flanqué d'enceintes électrostatiques hautes comme un escabeau. Tout ça devait coûter bonbon, songea-t-il en examinant la collection de DVD, environ deux mille répartis dans une vingtaine de colonnes !

Il s'attabla devant le bureau dédié à l'informatique et introduisit sa clé USB dans l'ordinateur. Elle abritait un logiciel conçu pour contourner les mots de passe, un cadeau du commissaire Gallinot ! L'explorateur dénombra trois mille dossiers et des brouettes. La plupart contenaient un résumé, la fiche technique et un commentaire d'un film policier ou d'espionnage ; quelques-uns, des photos de vacances ou des scans de factures. Hervier ne repéra aucun document professionnel. Il en déduisit que Romain possédait un autre ordinateur réservé à son boulot.

Après avoir récupéré la clé USB, il fouilla l'appartement. Dans le tiroir de droite d'un buffet, il trouva une cartouche de Camel à côté d'un paquet entamé. Romain était méticuleux et prévoyant, apprécia-t-il. Celui de gauche abritait un carnet aux pages vierges, ainsi qu'un stylo-bille noir. Les lettres S. I. A. gravées en blanc sur le capuchon attirèrent son attention. L'inscription en italique sur le pourtour donnait leur signification : *Secure Install Arcueil*.

Hervier enfila un gant en Nitrile, empocha le stylo et rentra chez lui.

Grenoble

Romain roulait en direction de Grenoble. D'après les spécialistes de santé, se promener dans une campagne verdoyante protégeait l'humanité de bien des maux, comme ceux engendrés par la pollution. Mais ce constat idyllique ne compensait pas l'absence manifeste de wifi, maugréa-t-il en traversant plusieurs villages déconnectés.

Il trouva un réseau disponible à Eybens. Il s'installa sur la terrasse du Café de la Mairie, commanda un thé à la bergamote et ouvrit son moteur de recherche. Deux lycées publics grenoblois proposaient l'apprentissage du russe. Il se pencha sur la sectorisation, mémorisa un nom de rue pour chaque établissement, élabora un scénario crédible et reprit le volant.

À neuf heures cinquante, il passa sous un auvent sur pilotis et se présenta à l'accueil des *Eaux Claires*. L'agent administratif répliqua à sa demande d'une concision désagréable : « Alexandre Gribois ? Inconnu au bataillon ! Au revoir, monsieur. »

Romain enchaîna avec le Lycée Champollion. Le bâtiment en imposait avec sa cour bordée de dépendances. Contre toute attente, le proviseur le reçut sur le champ. Sous un nom d'emprunt, Romain lui raconta qu'après le décès accidentel de leurs parents, il était devenu le tuteur de son jeune frère, en seconde à Henri IV. Le mois dernier, ils avaient déménagé à Grenoble, dans l'hôtel particulier hérité de leur mère. Nombre d'investisseurs russes sollicitant son cabinet de conseil, il désirait que son cadet parle leur langue.

Romain se demanda s'il n'avait pas exagéré en détails superflus ou invraisemblables. Mais le proviseur, abasourdi par cette histoire, vanta les compétences pédagogiques de ses professeurs, le niveau social et culturel des élèves, le cadre exceptionnel dans lequel ils étudiaient… Romain ne trouverait pas mieux dans la région ! Son adresse répondait aux critères de la carte scolaire et ce serait un honneur d'accueillir un lycéen qui avait usé ses pantalons sur les chaises d'une célèbre institution parisienne. Sa secrétaire lui fournirait un dossier à remplir et à retourner signé. Une simple formalité !

Romain mentionna son oncle. Dans les années quatre-vingt, il avait suivi des cours de russe avec Alexandre Gribois. Le proviseur grimaça au souvenir du grand type avec une queue de cheval à l'allure équivoque. Un gars brillant, reçu premier à l'agrégation, mais son style de vie semait la zizanie dans cet établissement à la réputation irréprochable. Par bonheur, il avait démissionné, au bout de deux ans. Romain insista pour avoir de ses nouvelles, mais les faits dataient d'une trentaine d'années. À sa connaissance, personne n'avait entretenu de relation avec Alexandre après son départ. Lorsque Romain précisa que l'éducation nationale continuait à le rémunérer, le proviseur l'encouragea à contacter le rectorat. Un service y gérait la situation des fonctionnaires qui, pour toutes sortes de raisons, étaient dispensés de délivrer leur enseignement.

Romain déambula dans le centre-ville en récapitulant les évènements de la matinée. Il n'avait pas déniché le moindre indice sur un possible ami d'Alexandre Gribois. Le contraire l'aurait étonné ! Cela dit, la véracité des propos d'Alexandre marquait un point : l'éducation nationale l'avait titularisé après l'agrégation. Quant à savoir s'il recevait un salaire pour fermer son clapet, comme il le prétendait, il n'avait aucun moyen de le vérifier. S'il se présentait au rectorat ou tentait de s'introduire dans leurs serveurs, il se ferait repérer. Il abandonna l'idée et se dirigea vers une brasserie. Peu importait le menu s'il pouvait naviguer sur le WEB.

Après l'épisode du lycée Champollion, Alexandre avait organisé des spectacles dans un cadre associatif. Romain se préoccupa de cette deuxième piste après la tarte aux abricots. Le moteur de recherche afficha IséRuss en haut de page. Créée au début des années quatre-vingt-dix, l'association promettait à ses adhérents de découvrir les différentes facettes de l'âme russe. Elle proposait des cours de langue, des expositions, des conférences, des spectacles, des soirées culinaires et festives... Les spectacles et les soirées festives éveillèrent sa curiosité.

Le siège d'IséRuss occupait le rez-de-chaussée d'un pavillon des années soixante. Romain poussa la porte d'entrée en signalant sa présence. Cet appel ne provoquant aucune réaction, il avança le long d'un large couloir. Sur sa gauche, une ouverture rectangulaire menait à une pièce d'une quarantaine de mètres carrés. Il compta neuf tables, deux fois plus de chaises, et monta sur une estrade. À proximité d'un bureau muni d'un caisson, un tableau blanc reposait sur un trépied. Il écrivit une formule algébrique et s'imagina répondre aux questions des élèves. Il aurait aimé devenir prof de maths.

À quoi bon discourir là-dessus ? se censura-t-il en repérant, dans un coin de la salle, un escalier. Une chaîne en condamnait l'accès. Il retourna dans le couloir qui, outre celle des toilettes, desservait deux autres portes. Il tambourina sur chacune et une brune dans la quarantaine habillée d'une combinaison en jean finit par sortir de son antre. Elle lui confirma que l'association dispensait des cours de russe, se dirigea vers un présentoir et s'empara d'un prospectus.

— Tenez, voici les horaires, les tarifs, le bulletin d'adhésion. Ça récapitule toutes nos activités !

Romain consulta les pages centrales pendant qu'elle aérait le local.

— Vous organisez des soirées festives, des expositions et des concerts dans cette pièce ? demanda-t-il.

La femme remarqua son air incrédule :

— Les cours ont lieu ici. Mais pour des manifestations importantes, on utilise la salle de fêtes. Nous avons signé une convention avec la mairie.

Romain approuva de la tête tout en regardant la quatrième de couverture. À dix-huit heures, Victor Ogareff s'occupait des élèves intermédiaires. À dix-neuf heures trente, Grégoire Anossov prenait le relais avec les débutants. Victor revenait pour les *avancés* à vingt et une heures.

— Un ami m'a conseillé de participer au cours d'Alexandre Gribois. Mais je ne le vois pas parmi vos enseignants.

— Je travaille pour l'association depuis cinq ans et n'ai jamais entendu ce nom. Nous employons des étudiants. Ils restent un an ou deux, pour gagner de l'argent de poche. D'autres les remplacent. Victor, c'est différent. Il fait partie des membres fondateurs.

— Combien d'élèves accueillez-vous ?

— Une centaine.

— C'est beaucoup ! fit Romain.

— Une importante communauté d'origine russe a vécu en Haute-Savoie.

— Pour quelle raison ?

— Je ne suis pas historienne !

— Pourrai-je assister à une leçon, pour me faire une idée du niveau ?

— Victor va arriver dans une quinzaine de minutes. Attendez-le, si vous voulez.

Dix-huit étudiants de tous âges occupaient les neuf tables disponibles. La secrétaire apporta une chaise supplémentaire et Romain patienta jusqu'à la fin du cours, sans comprendre un traître mot des conversations échangées entre les participants. Victor Ogareff les ponctuait de brèves remarques. Grand, blond, svelte et séduisant, malgré sa soixantaine, il ne laissait pas indifférente la gent féminine.

Victor couvrit sa tête d'une casquette rouge ornée d'un dessin de chef indien. Quitte à jouer les jeunes premiers, il aurait dû chausser des baskets lumineuses ! se moqua Romain.

Il sortit du pavillon et Romain l'aborda avant qu'il ne pénètre dans un restaurant.

— Vous vous êtes contenté d'observer les autres ! lui reprocha l'enseignant après l'avoir reconnu.

— Je ne suis pas venu apprendre le russe, monsieur Ogareff. J'essaie de trouver d'anciens amis d'Alexandre Gribois.

Le front plissé comme celui d'un juge durant les débats, le regard perçant de Victor Ogareff transperça l'aura de Romain avant de rendre son verdict :

— Et si nous dînions !

Victor avait rencontré Alexandre en 1992, lors de la rédaction des statuts de l'association. Alexandre avait mis en place les cursus, organisé *la semaine folklorique,* assuré leur premier spectacle. « Un sacré danseur. Et quel beau gars ! » l'encensa Ogareff. Un jour, il avait disparu sans crier gare et n'avait plus donné de nouvelles.

Romain engagea la conversation sur la communauté russe. Victor mentionna une usine de papier et une aciérie qui avaient employé des soldats de l'armée blanche, entre les deux guerres mondiales. Depuis, la plupart des familles s'étaient dispersées, en particulier en Île-de-France. Les autres s'étaient intégrées par des mariages.

— Si tu veux approfondir le sujet, procure-toi *Le Temps des Russes* de Christiane Trudeau. Elle a retranscrit à merveille l'état d'esprit de nos aïeux lorsqu'ils sont arrivés dans la région. Je l'ai lu quand j'avais quatorze ans ! Ce bouquin a motivé mon implication à préserver notre culture malgré l'exil. J'ai essayé d'en racheter un, mais les deux cents exemplaires de l'unique tirage ne courent pas les rues. Rechercher ses racines est à la mode ! sourit Ogareff.

— Aucun Russe n'a écrit sur le sujet ? s'étonna Romain.

— Ils ont vécu une période dangereuse. La GRU en a liquidé certains et kidnappé d'autres pour les torturer en Union soviétique.
— La GRU est l'ancêtre du KGB ?
— Non, elle correspond aux renseignements militaires. En ce qui concerne les services de sécurité, l'étendue de leurs pouvoirs variait selon les époques. La Tchéka a ouvert le bal en 1917. Suivirent la Guépéou, le NKVD, le NKGB, le MVD, le célèbre KGB et l'actuel FSB. Beaucoup de sigles pour désigner la suppression des libertés ! Romain, mes élèves m'attendent. Ravi de t'avoir rencontré.

Après le départ d'Ogareff, Romain resta dans le restaurant. Il commanda un déca et se connecta au wifi. Il tapa *Haute-Savoie – Le temps des Russes – Christiane Trudeau*, et remarqua un lien sur le site *Paru-Vendu* : le bouquin y était proposé à douze euros. L'annonce datait de plusieurs mois, mais Romain appela.
« bortsch.38 », l'avatar du vendeur, décrocha. *Bortsch* souffrit d'une amnésie totale. Puis la mémoire lui revint. Ses grands-parents lui avaient offert le livre à un anniversaire, pour partager leur nostalgie d'une solidarité révolue. Mais le côté rébarbatif du sujet l'avait découragé au bout de quelques pages. Avant de déménager, il avait bazardé tout un tas de trucs inutiles et l'avait déposé à l'intérieur d'une boîte à livres située dans l'Île Verte, un quartier de Grenoble.
Romain se gara sur le parking central de la place du docteur Girard. Il en effectua trois fois le tour avant de remarquer une caisse marron et rouge rivée à un mur de soutènement. Il s'attendait à quelque chose d'imposant et tiqua en s'apercevant qu'elle ne contenait qu'une dizaine de bouquins. Il écarta les romans à l'eau de rose et les biographies d'hommes politiques et récupéra *Le Temps des Russes* qui désespérait de séduire un lecteur.

Il rejoignit son petit bout de chemin bordé d'arbres. Allongé sur le matelas, à l'arrière de la camionnette, il alluma sa lampe de poche et découvrit les parcours semés d'embûches d'immigrés russes de la première génération.

Le temps des Russes (extraits)

Le contexte au lendemain de la Grande Guerre.

Cette boucherie se solde par un bilan désastreux. Un million quatre cent mille soldats français morts aux combats (les disparus et les fusillés n'ont pas été comptabilisés). Quatre millions de blessés, parmi lesquels figurent les célèbres gueules cassées. S'y ajoutent trois cent mille décès de civils, femmes et hommes à parts égales. Cette hécatombe a créé une pénurie de main-d'œuvre masculine.

Côté russe, la défaite des armées du tsar face aux bolcheviques pousse un million cinq cent mille Russes blancs à l'exil. Quatre cent mille, dont un quart de militaires, immigrent en France. Leur arrivée comble en partie les besoins des industries françaises.

L'installation des Russes en Savoie.

1917, une première vague débarque.

1919, une douzaine de militaires travaillent pour BFK, une usine de papier de réputation mondiale implantée à Rives, une ville de trois mille habitants située à vingt-cinq kilomètres de Grenoble.

1924, Constantin Melnick (un officier cosaque) et son épouse (la fille du médecin personnel de la famille impériale) persuadent les industriels de la région d'utiliser une main-d'œuvre disciplinée qui ne rechigne pas à la tâche. Grâce à leurs efforts, les aciéries d'Ugine, proches d'Albertville, embauchent deux mille soldats russes.

1927, deux cents Russes résident à Rives : une cinquantaine de femmes et d'enfants et cent cinquante militaires employés par l'usine de papier. Ils n'ont pas les moyens d'acheter des vêtements et viennent travailler en uniforme. Ces militaires sont autorisés à les porter, ainsi que leurs armes, sur le sol français.

Le château de l'Orgère

Le directeur de l'usine de papier possède le château de l'Orgère (faute de moyens, le précédent propriétaire n'a pu en achever la construction). Les époux Melnick le convainquent de laisser les officiers et leurs familles l'habiter. Soixante-dix personnes s'y installent.

Les exilés aménagent une chapelle au sous-sol. Un prêtre d'obédience orthodoxe y assure les offices. Le compositeur Igor Stravinski la fréquente. Les salles du premier étage accueillent des conférences, des concerts, des séminaires, des rencontres avec les autres communautés russes. Dans le parc de deux hectares ceinturés de grilles, les amoureux se promènent.

Les habitants du château n'en sortent que pour aller travailler à l'usine ; leurs relations avec la population locale sont amicales, mais limitées. Certains, issus de la noblesse, enseignent les langues étrangères. Éduqués par des précepteurs français ou suisses jusqu'à la fin du XIXe siècle, les aristocrates russes s'expriment en français, mais aussi en allemand, parfois en anglais ou en hollandais.

Le château et son parc servent de base d'entraînement pour les cadres de la future armée de reconquête. D'avril 1929 jusqu'à juin 1932, de jeunes soldats y reçoivent une formation avec cours théoriques (fortifications, tactique, règlements, administration et histoire militaire). Et pratiques (escrime, cavalerie, sape et explosifs, artillerie, maniement du sabre à cheval, gymnastique, tir, relevés topographiques…). La première et unique cérémonie pour la promotion d'officiers supérieurs a lieu le 12 juin 1932. Tous désirent retourner en Russie pour en chasser les communistes et attendent que leur hiérarchie en exil leur en donne l'ordre.

La fin des illusions

Les effets de la crise économique de 1929 atteignent la Savoie en 1931. Licenciés en masse, les Russes quittent la région. Certains, épuisés par les conditions de travail et les salaires de misère, sans avenir dans un pays où ils ne se sont pas intégrés, se suicident.

La Deuxième Guerre mondiale entérine le déclin de la communauté. Les plus farouches opposants au régime soviétique perdent tout espoir de revoir la mère patrie ; la Russie impériale a disparu !

En 1977, après le décès de Constantin Melnick, les rares familles encore présentes à Rives décident d'en partir.

21

Hervier trépignait. Dix heures quarante-cinq, et sa sœur ne daignait pas se lever. Il frappa à la porte de sa chambre :
— Clémence, tu peux venir ?
— Une seconde ! hurla-t-elle.
Clémence, une adepte des cycles naturels allongés, déboula dans le salon :
— Quel évènement exceptionnel te permet de me réveiller aux aurores ?
Hervier faillit lui répondre qu'à onze heures du matin le soleil ne l'avait pas attendu pour briller, mais il se contenta de lui montrer du doigt le stylo et le briquet posé sur le guéridon.
— Ils appartiennent à Degay ? demanda Clémence en prenant place sur son fauteuil.
— Tu devrais le savoir !
Bien élevée et réservée, sa sœur se transformait en crieur de rue lorsqu'on sollicitait ses dons. Pour Hervier, la titiller était sa manière de dédramatiser l'étendue de son pouvoir qui, même s'il ne l'avouait jamais, lui foutait la pétoche.
— Installe-toi en face de moi. Grouille !
Le ton n'incitait pas à la désobéissance. Hervier rapporta une chaise et Clémence s'empara du briquet et du stylo.
— Tu t'intéresses à l'avenir de deux types au lieu d'un seul. Je ne suis pas une machine !... J'ai vu un pull rouge en cachemire sur Internet qui devrait aller avec ma jupe plissée.
Hervier se contenta de toussoter dans son poing, une façon de montrer qu'il acceptait les exigences de sa sœur.
— Pascal, reprit-elle en posant le stylo et le briquet devant elle, tu risques de morfler. On s'arrête là où tu veux connaître la fin ?
Hervier respira et souffla plusieurs fois sans pouvoir se décider, dans sa tête raisonnait une ritournelle censée conjurer le mauvais sort : « Pas la main, ce jour ni demain ! »

— T'inquiètes, je laisserai tes menottes tranquilles !

— Vas-y ! lâcha-t-il en reculant par prudence son siège d'une dizaine de centimètres.

Clémence sortit un jeu de tarot du tiroir du guéridon. Après l'avoir mélangé, elle demanda à Pascal de couper, de le répartir en quatre tas égaux, de déposer les cartes en haut de chaque pile devant lui en les retournant.

— Trois rois et une reine ! Bravo, frérot, tu commences direct par les caïds ! Nouvelle fournée… Encore une… Ben dis donc : trahison, argent, rancune, justice, on est tombé sur des lugubres ! Le roi de pique, c'est ce bon vieux Degay. Ses intérêts avant ceux du pays. La dame de pique ne pense qu'au pognon. La dame de trèfle qui la recouvre représente ses employées, des minables. Le roi de cœur est un solitaire. Il veut venger la mort d'un ami. Le roi de carreau, c'est toi. Tu cherches à comprendre, mais n'y arrives pas ! C'est reparti, mets-en quatre… Waouh, un carré de trois ! Ma parole, vous courrez tous après la même chose… Continue… Ah, voilà les sous-fifres. Valet de pique. Celui-là est dangereux. Deux de trèfle : une bande de guignols. Tiens, un animal de compagnie ! s'étonna-t-elle en désignant le valet de carreau.

Clémence saisit le briquet et effleura les vingt cartes étalées sur la table. Sa main oscilla lorsqu'elle plana au-dessus du valet de carreau.

— Ce briquet appartient à un de tes collègues. Veux-tu savoir si tu peux lui faire confiance ?

— Ça m'arrangerait ! fit Hervier.

— Mets une carte par-dessus… Ce gars désire la peau de Degay plus que toi et Gallinot réunis ! Revenons au deuxième type.

Le stylo en main, Clémence effectua le même cirque qu'avec le briquet avant de poursuivre avec les cartes restées en tas.

— Son propriétaire est resté dans le talon ! assena-t-elle. Prends-le, mélange et coupe !… Retourne la première et place-la ici.

Hervier posa la dame de cœur sur la table et Clémence la toucha avec le capuchon.

— Arrête de faire cette tête, je sais bien qu'il n'est pas à elle ! Carte suivante... Une autre... Une dernière !

Hervier avait étalé dans cet ordre : le cavalier de cœur, l'excuse et le 21 d'atout.

— Toi, mon bonhomme, sous tes airs de grand neuneu, tu es le roi des roublards. Pascal, ce type est gentil, mais il va te faire tourner en bourrique !

À chaque fois, c'est-à-dire tous les trois mois, les révélations de Clémence le sidéraient, même si la signification qu'elle donnait à certaines cartes lui restait incompréhensible. Pourquoi le deux de trèfle représentait-il une bande de guignols, ou la dame de vulgaires employés ? La seule réponse satisfaisante était que sa sœur détestait le trèfle ! Les voyantes utilisaient un Tarot de Marseille et non celui de Grimaud. Après avoir lu des livres sur la question, il en avait conclu que Clémence savait ce qu'elle raconterait avant de sortir le paquet du tiroir. Le tirage proprement dit sur le guéridon de l'arrière-grand-mère gitane – une invention pure et simple ! – participait du décorum pour conditionner sa clientèle. Ils avaient dépassé le siècle à eux deux et elle le considérait encore comme un gogo. Elle était gonflée ! Mais tant qu'elle ne le touchait pas – qui avait envie de connaître l'heure exacte et les circonstances de sa mort ? – il la couvrirait de cadeaux. Des contreparties à la hauteur de sa clairvoyance. Elle lui évitait de se fourvoyer dans sa vie privée et professionnelle. Sans sa sœur, sa tendance à accumuler les faux pas l'aurait amené... Ailleurs !

Ses réflexions sur ses rapports avec Clémence prirent fin quand le chauffeur de taxi le déposa devant un atelier coincé entre deux immeubles de bureaux flambant neufs. Sur l'enseigne fixée au-dessus de la porte coulissante, des néons multicolores dessinaient *Secure Install Arcueil*. Hervier appuya sur la sonnette à quatorze heures précises et Abdel vint lui ouvrir.

— Bonjour, j'ai rendez-vous avec Romain Favre, dit Hervier.

— Il est parti en vacances. Son remplaçant arrivera dans l'après-midi, répliqua Abdel.

Simple stagiaire, Abdel ne négociait pas les contrats, mais pouvait lui détailler leurs prestations. Cette proposition permit à Hervier de jeter un œil dans le local. Une fourgonnette trônait au milieu ; des caisses remplies de câbles, de caméras, de boîtiers de transmissions et autres matériels informatiques occupaient l'espace restant ; un escalier desservait une mezzanine.

Abdel le raccompagnait quand Hervier lui fit part de son agacement :

— Quelqu'un aurait pu me prévenir !

— Monsieur Favre a bouclé ses valises avec précipitation, s'excusa Abdel. On ne sait s'il va revenir ou bien s'installer en Suède. Mais je peux vous donner son numéro de téléphone.

— En Suède ! s'interloqua Hervier.

— Le paternel d'une fille dont il s'est amouraché lui a proposé de diriger son entreprise. Il regarde si c'est jouable. Ce genre d'occasions ne se présente pas tous les jours !

— Votre nouveau patron détient-il d'autres informations ?

— Ça m'étonnerait. Romain l'a fait venir au dernier moment. Il est parti sur un coup de tête, je vous dis !

— Quand on est amoureux, les projets de vie changent sans prévenir ! conclut Hervier avant d'appeler un taxi.

Il tapa le numéro de téléphone que lui avait fourni Abdel et laissa sans y croire un message dans lequel il exhortait Romain à le joindre.

Il pénétra dans la salle des scans une heure après et fit signe à Étienne Duroux de le suivre dans son bureau.

— Étienne, j'ai un service à te demander, dit-il en refermant la porte derrière eux. Mais ça doit rester entre nous. Personne ne doit repérer tes recherches.

— Aucun problème, affirma le lieutenant, sûr de ses compétences. Qu'attendez-vous de moi ?

— Ce type (Hervier lui remit un post-it plié en quatre), je veux savoir s'il est allé en Suède. En principe, par un vol Paris Stockholm.

— Je m'en occupe !

Duroux mémorisa le nom inscrit sur le bout de papier avant de le passer au broyeur.

22

Le lendemain matin, Romain retourna au Café de la Mairie. Il y commanda un chocolat au lait et consulta les pages blanches. Aucun Trudeau n'habitait sur Grenoble ou sa banlieue. Il élargit sa recherche à tout le département et tomba sur un certain Gabriel, domicilié à Crolles. Romain appela et le type répondit à la quatrième sonnerie :

— Allô !

— Bonjour, monsieur. Je me nomme Romain Favre. Je me permets de vous contacter, car j'aimerais rencontrer Christiane Trudeau, l'auteure du *Temps des Russes*. Faites-vous partie de ses proches ?

— Je suis son fils.

— J'ai adoré son livre et souhaiterais en parler avec elle. Pourriez-vous me transmettre ses coordonnées, s'il vous plaît ?

— Elle réside en maison de retraite. Ce genre de conversation la perturbe.

— Je ne voudrais pas la fatiguer, se défendit Romain. Une dédicace ou une simple signature me comblerait.

— Villa du Rozat, à Saint-Ismier. Je t'attendrai devant l'entrée à onze heures trente. Nous verrons si elle sera en état de te recevoir.

Romain trouva l'adresse de la maison de retraite. *Google Maps* annonçait dix-sept minutes pour effectuer les quinze kilomètres entre Eybens et Saint-Ismier. Il disposait d'une heure de marge. Il la passa à arpenter les rues de la ville, en visita les sites remarquables comme le château construit par la fille d'Henri IV, l'église néo-gothique du XIXe, le bureau de tabac, la boulangerie.

Il se gara sur le parking de l'ehpad cinq minutes avant le rendez-vous prévu. À part un genre de molosse assis sur un banc, près du bâtiment principal, les extérieurs semblaient déserts. Il s'approcha et le type écrasa sa cigarette dans un cendrier-colonne avant de se lever en tendant la main.

— Bonjour, je suis Gabriel Trudeau.

Un géant de deux mètres âgé d'une soixantaine d'années se tenait devant lui.

— Enchanté de faire votre connaissance, lâcha Romain en espérant que l'énorme paluche ne broie pas ses phalanges.

Mais Gabriel Trudeau maîtrisait sa force.

— Ma mère accepte de te recevoir. Suis-moi, dit-il en pénétrant dans le hall.

Alignés telle une haie d'honneur, une vingtaine de résidents en fauteuil roulant les dévisagèrent comme s'ils apercevaient l'espèce humaine pour la première fois.

— Tu es déjà venu dans un ehpad ? demanda Gabriel alors qu'ils prenaient l'ascenseur.

— Non.

— Ça m'a fait un choc, au début. Tu t'y feras !

Arrivé au deuxième étage, Gabriel longea un couloir jusqu'à la porte 208. Il frappa trois coups secs avant d'entrer.

— Maman, voici la personne dont je t'ai parlé.

Étendue sur un lit électrique, Christiane Trudeau, une couverture sur ses jambes, son dos relevé à quarante-cinq degrés, regardait la télévision. Après en avoir baissé le son, Gabriel renouvela son annonce. La vieille femme tourna la tête et son fils lui rappela que l'inconnu souhaitait discuter de son livre.

— L'immigration russe t'intéresse ? demanda-t-elle, ses yeux soudain pleins d'éclats braqués sur Romain.

Christiane et Gabriel Trudeau ne s'embarrassaient pas du vouvoiement, apprécia Romain avant de répondre :

— La période entre les deux guerres me passionne. Dans *Le Temps des Russes*, vous retracez leur arrivée en Haute-Savoie avec une somme de détails historiques, mais sans jamais oublier les conséquences psychologiques de leur exil.

Christiane lui fit signe de venir s'asseoir sur le lit. De son côté, Gabriel ouvrit la porte-fenêtre qui donnait sur le balcon. Écouter sa mère rabâcher des sornettes centenaires lui procurait la migraine. Il déplia une chaise, posa ses pieds sur la rambarde, alluma une cigarette et contempla la vue à cent quatre-vingts degrés sur le massif de la Chartreuse.

— Ce qui s'est passé au château de l'Orgère est incroyable, continua Romain. Et vous le racontez comme si vous y aviez vécu.

— C'est le cas ! Mais par peur de froisser leurs descendants, j'ai changé les patronymes des personnalités dont l'apport historique est restreint.

— Pour quelles raisons les disparitions des généraux Koutiepov et Miller ont-elles tant désorienté les membres la communauté ?

— Koutiepov présidait le ROVS, l'Union générale des combattants russes. La plupart des soldats de l'armée blanche avaient abandonné leurs biens en se dispersant à travers le monde. Ils se sont retrouvés dans un dénuement total et les aides gouvernementales ou des associations de bienfaisance des pays d'accueil se sont révélées rares ou inexistantes. Le ROVS a joué un rôle essentiel dans la survie de ces réfugiés. Leur installation à Rives date des années vingt, ils s'y pensaient en sécurité. Mais, en 1930, l'enlèvement de Koutiepov en plein Paris a détruit leurs illusions, la Guépéou pouvait frapper à trois mille kilomètres de Moscou en toute impunité. Koutiepov est-il mort durant son transport en Russie ou dans une de leurs geôles ? Malgré une récompense équivalente à trois cent mille euros promise par les émigrés russes, la pression des médias et de certains politiques français, la police n'est pas parvenue à résoudre l'enquête ! Tu vois la bouteille d'eau ? Remplis mon verre et passe-le-moi.

Christiane le vida d'un coup avant de reprendre :

— Le général Miller lui a succédé à la tête du ROVS. Miller rêvait de reconquérir la Russie pour y restaurer l'ancien régime impérial. Pour ça, il disposait de cent mille hommes exercés et prêts à marcher sur Moscou. Mais il n'a su maintenir l'unité entre ces militaires. Certains se sont rendus en Espagne pour combattre aux côtés de Franco ; d'autres se sont tournés vers le nazisme, malgré le racisme affiché d'Hitler à l'égard des peuples slaves. Ou vers le communisme, la Guépéou avait recruté plusieurs de ses proches collaborateurs ! Ces traîtres à la cause tsariste ont probablement aidé des agents de la Guépéou à organiser son enlèvement, à Paris, en septembre 1937. Ses geôliers l'ont exécuté à Moscou, deux ans après. Pour éviter de contrarier les bolcheviques, des alliés potentiels en cas de conflit avec l'Allemagne, le gouvernement français a étouffé l'affaire. Ceux qui parmi les militaires avaient gardé l'espoir de regagner la Russie ont compris qu'ils étaient des exilés à vie. Mais revenons à notre époque et dis-moi la véritable raison de ta visite pendant que Gabriel aspire son panaché d'air des montagnes et de tabac brun.

Sa vivacité d'esprit méritait une explication claire et sincère, estima Romain en se raclant la gorge :

— Mon meilleur ami était convaincu que les services secrets français avaient maquillé en suicide le meurtre d'une Drag Queen d'origine russe. On l'a également assassiné et je tiens à démasquer les coupables !

— Comment s'appelle le Russe ?

— Alexandre Gribois.

Christiane Trudeau regarda le réveil posé sur la table de chevet, et approcha son visage de celui de Romain :

— Gabriel va m'amener au réfectoire. Reviens à quinze heures, après ma sieste.

23

Une Drag Queen explose dans son appartement. La semaine suivante, son confident d'un soir meurt dans un accident de la route. Cette addition de mauvaises fortunes sentait le roussi !

Hervier classa ses idées par ordre de pertinence. Il avait beau s'être trituré les méninges, elles ne présentaient aucun lien entre elles. Du moins, lui n'en voyait pas.

Il passa à la broyeuse la feuille de papier sur laquelle il les avait notées, mit son manteau et se rendit à la salle des scans.

Étienne Duroux se retourna en entendant des talons marteler le béton ciré :

— Vous désirez quelque chose, commandant ?

— Je t'invite à déjeuner.

Une fois par trimestre, Hervier offrait le restaurant à ses trois adjoints. Une façon de resserrer les rangs dans cette période où la contribution du service reculait face à l'extension inexorable des communications numériques.

— Lestaque et Cotella ne viennent pas ? s'étonna Duroux.

— Ce que j'ai à te dire devra rester entre nous, répondit Hervier en démarrant.

Ils longèrent les quais de Seine en écoutant *TSF Jazz*, jusqu'à ce que le commandant emprunte le petit pont qui reliait l'île Saint-Germain à Issy-les-Moulineaux. Il s'arrêta devant les verrières classées d'un magnifique pavillon de style Napoléon III. Le lieutenant s'apprêtait à entrer, mais Hervier le conduisit vers une table en terrasse.

— Nous pourrons fumer et discuter en toute discrétion. Prends ce que tu veux, proposa Hervier en lui tendant la carte qu'il connaissait par cœur.

Duroux hésita avant de choisir les asperges vertes à la crème et la daurade royale.

— Pareil. Sancerre ?

— Vous cherchez à m'acheter, commandant ?

— Tout travail mérite salaire. As-tu avancé avec Romain Favre ?

— On se farcit un drôle de zigue. J'ai pu tracer son téléphone : pendant un vol entre Roissy et Stockholm, une passagère l'a découvert dans son sac. Mais Romain n'est jamais parti en Suède. L'avant-veille, il a vidé son compte épargne – douze mille euros ! – avant de disparaître. Sa sœur et son beau-frère ne savent rien.

— Monter un tel scénario demande beaucoup d'imagination !

— Avec tout ce qu'on trouve sur Internet, et pour peu qu'il regarde des séries sur la police scientifique, c'est à la portée du premier venu.

Hervier se remémora l'avertissement de Clémence :

— Il a créé une boîte de sécurité informatique. D'après ma sœur, ce type est plus malin que tu ne le crois.

— Elle travaille dans la voyance ? se marra Duroux.

— Disons qu'elle interprète les vibrations.

— En tout cas, vous allez y laisser votre santé. Et vos galons !

— Développe !

— Vous côtoyez les nuages ou affichez une mine de déterré. Tout le monde l'a remarqué !

Ses négligences impardonnables, sa condition physique en manque d'entretien... Quelle qu'en soit la cause, la peur d'avoir été pris la main dans le sac lui procura un frisson désagréable.

— En avez-vous parlé, entre vous ?

— J'ai raconté aux deux autres que je vous avais aperçu en train d'enlacer une femme. On s'est bien marré en vous imaginant fêter la Saint-Valentin !

Se moquer de ses supérieurs n'était pas toléré à la DGSI, mais Duroux avait eu raison de désamorcer les interrogations suscitées par son comportement. Était-ce suffisant pour lui faire confiance ? Dans ces cas-là, l'expérience lui avait appris à observer les recommandations – pour ne pas dire les ordres ! – de Clémence.

— Pourquoi me protèges-tu, Étienne ?

— Après l'alerte de Cerbère, vous avez effectué des recherches tous azimuts sans avoir prévenu le sous-directeur. Ou vous cachez quelque chose, ou vous étoffez vos preuves, mais craignez de vous adresser à la mauvaise personne.

— As-tu la réponse ?

— J'ai voulu me renseigner sur Alexandre Gribois, mais mon accréditation est bloquée. J'ai essayé sur votre poste. Pareil.

— Tu as utilisé mon code ? Je pourrai te faire renvoyer pour ça ! s'emporta Hervier.

— Attendez la suite avant de prendre une décision précipitée. J'ai recommencé sur celui du sous-directeur. Accès refusé. D'accord, j'ai joué gros ! Mais ça démontre l'obligation de monter jusqu'au dernier étage pour cerner la personnalité d'Alexandre Gribois ! Je me suis intéressé à l'appartement dans lequel il habitait. Nous disposons de différents lieux pour loger des agents de passage, planquer des indics ou interroger des suspects. Mais en aucun cas ils ne servent de résidence permanente à nos employés ! Savez-vous qui a donné l'exclusivité de ce joli deux-pièces tout équipé à Alexandre Gribois ?

— Non.

— Alain Degay !

Hervier se redressa contre le dossier de sa chaise. Par d'autres moyens, Étienne Duroux avait lui aussi fait surgir le nom du directeur général.

— Degay, j'essaie de le coincer, enchaîna Duroux. Et je pense que vous poursuivez le même but. Il s'est quand même débrouillé pour placarder le commissaire Gallinot, auquel vous étiez attaché.

— Cela n'a aucun rapport.

— Ben voyons ! ricana Duroux.

Les deux hommes burent leur café, et Hervier demanda :

— Quel est ton souci avec Degay ?
— Le massacre de mes parents !
Le commandant fit signe à la serveuse d'apporter deux armagnacs et regarda le lieutenant dans les yeux :
— Je t'écoute.
— La crevette Bigeard, pendant la guerre d'Algérie, ça vous dit quelque chose ?
— Non !
— Pour éviter de revivre l'humiliation de Diên Biên Phu, des parachutistes du général Massu ont perfectionné les méthodes de renseignements initiées en Indochine. Mais après avoir charcuté des types, brisé leurs os et passé leurs testicules à la gégène, vous ne pouvez les remettre en liberté dans cet état : ça fait désordre ! La solution aurait consisté à retirer des soldats des opérations pour les surveiller, le temps qu'ils se retapent. Mais comme on frôlait les sous-effectifs, le haut commandement a décidé de s'en débarrasser en les larguant par hélico dans la montagne. Seulement voilà, des bergers ont retrouvé leurs corps. Alors ils les ont balancés dans la Méditerranée. Pas de chance, certains ont pu regagner la rive. J'ignore si c'est Bigeard qui a eu l'idée de couler du béton autour de leurs pieds, mais, à partir de ce moment, terminé les Houdini avec leurs numéros de résurrection devant les reporters... Même en tenant compte de la pression des médias, de la population et du gouvernement afin qu'ils stoppent les attentats perpétrés à Alger, les actes de ces militaires de carrière demeurent inexcusables... *La guerre moderne*, le chef-d'œuvre du colonel Trinquier a été publié en 1961 ! Ce pape de la contre-insurrection y prônait la torture pour soutirer des informations. Après la campagne d'Algérie, Paul Aussaresses, un autre tortionnaire de légende, est parti enseigner aux États-Unis et en Amérique latine *les techniques de la bataille d'Alger*. En 1973, on l'a nommé attaché militaire au Brésil.
— Je ne vois pas où tu veux en venir, Étienne !

— Dans les années soixante, la France perdait des marchés d'armement au profit des États-Unis. Pour inverser la tendance, nous avons envoyé des conseillers pour préparer les officiers brésiliens à la lutte antiterroriste. Notre gouvernement a parié sur un retour d'ascenseur lorsqu'ils deviendraient responsables des achats. Le président Mitterrand a mis fin à ces formations officielles, mais la DST a pris le relais. Et d'après vous, qui accompagnait nos gentils moniteurs partis en 1982 pour continuer le boulot ?
— Alain Degay ?
— Gagné !
— Mais Degay tapinait aux Renseignements Généraux, à cette époque !
— Les mutations à répétition entre les RG et la DST, ça s'appelait *la mobilité interministérielle temporaire* ! Toujours est-il que cet enfoiré a organisé l'exécution de mes parents, des sympathisants des causes désespérées. Tous les deux travaillaient à l'ambassade comme conseillers. Ils avaient aidé plusieurs membres du parti ouvrier brésilien sur le point d'être arrêtés à obtenir des visas. Ça a déplu, en haut lieu ! En 1998, un certain Felipe Mattoso a frappé à ma porte pour me raconter les circonstances de leur assassinat…

Ce jour-là, les parents d'Étienne Duroux et la fiancée de Felipe Mattoso s'étaient rendus chez un militant qui possédait une exploitation agricole à vingt kilomètres de Rio de Janeiro. Ses camarades y avaient réuni des documents accablants contre le régime. Pour sa part, Felipe devait récupérer un projecteur afin qu'ils puissent visionner un film tourné pendant une exécution. Il empruntait le chemin qui menait à la ferme, mais pila en apercevant quatre hommes en train d'enfermer une dizaine de personnes dans le bâtiment principal avant de l'embraser. Il photographia les incendiaires et rejoignit une ville frontalière de la Guyane française. Il y changea d'apparence, de patronyme, de métier, fonda une famille, rongea son frein alors que l'espoir d'obtenir justice se dissipait au fil des fausses promesses. Trois décennies après la fin de la dictature, la puissance des militaires restait intacte et la menace de leur retour au pouvoir planait au-dessus d'une démocratie fragilisée par la corruption de ses édiles.

Durant l'année précédant son séjour à Paris, Felipe avait croisé deux officiers impliqués dans les assassinats de sa petite amie et des parents d'Étienne. Ce dernier lui demandant comment il avait réagi, il répondit qu'il leur avait proposé une balade en barque sur l'Oyapock. Ils nourrissaient désormais les poissons qui frétillaient au fond du fleuve. En attendant de perpétrer la chaîne alimentaire, les deux tortionnaires lui avaient donné le nom de leur complice et celui de l'agent français qui les avait encadrés. Mais le troisième brésilien pratiquait un anonymat de haut niveau et Alain Degay était intouchable.

— Voilà pourquoi je suis entré à la DCRI. Accumuler suffisamment de preuves pour dénoncer Degay me semblait plus facile de l'intérieur. Mais il a tout verrouillé. Les documents sont inaccessibles ou détruits, personne ne parle. Il doit les tenir par les couilles avec des pots-de-vin, des photos compromettantes... Mais là, on a du tangible. Si nous faisons équipe, je ferai le nécessaire pour faire tomber cet enfoiré !

Étienne s'engagerait à fond, estima Hervier. Ses compétences lui apporteraient une aide précieuse. Mais la vengeance constituait rarement un gage d'efficacité. Pourvu que la fin tragique de ses parents ne l'amène pas à commettre des erreurs irréparables, espéra-t-il en sortant de sa sacoche une copie de la lettre envoyée à Romain.

Duroux la consulta avec attention. Le commandant imaginait qu'il lui poserait des questions, mais le lieutenant entreprit une relecture minutieuse.

— Si j'ai bien compris, Alexandre Gribois a rencontré Pierre Darvaut par hasard. Comme il est en panne de confidence, il lui raconte les facettes peu reluisantes de son parcours. Dans un domaine en Sologne, il se laisse photographier dans les bras de personnalités que les propriétaires des lieux font chanter. L'état rétribue son silence sous le couvert d'un boulot fictif. Sa fille ne l'a jamais vu. Son petit copain, planqué en Amérique du Sud avec un double de documents compromettants, l'attend avec impatience.

Hervier apprécia la concision de Duroux, puis il lança :

— Pourquoi Romain Favre a-t-il planifié un faux séjour en Suède ?

— Je n'en sais rien, commandant. On devrait se concentrer sur Pierre Darvaut. C'est lui qui a parlé avec Alexandre Gribois !

— Pierre Darvaut n'a plus la capacité de répondre à nos questions. Il est mort en percutant un arbre avec son scooter. La gendarmerie en a déduit un accident de la route, mais la coïncidence avec l'explosion chez Alexandre m'a sauté aux yeux. Romain Favre a dû parvenir à la même conclusion. D'après moi, ces évènements l'ont choqué et il cherche à venger son ami.

— Admettons. Mais que feriez-vous, à sa place ?

— Alexandre Gribois et Pierre Darvaut assassinés, il pressent le nom de la prochaine cible. Pour rester en vie, il doit se procurer les fameux documents. Si Darvaut n'a rien omis, quatre pistes se dessinent. Un, Manon. Alexandre a dit qu'il ne l'avait jamais approchée. Mais s'il a menti, afin de ne pas l'exposer à des représailles, peut-être les détient-elle. Cela dit, comment Romain s'y prendrait-il pour la contacter ? Deux, l'éducation nationale, qui rémunère Alexandre. Mais quels renseignements récolterait-il en s'adressant au rectorat ? Un profil psychologique sans intérêt par un ancien collègue ?... Trois, le domaine utilisé pour photographier les noceurs. Mais il ignore où il se situe. Et si, par hasard, il sonnait à leur porte, ces types n'en feraient qu'une bouchée !... Quatre, le compagnon d'Alexandre. Mais pour le retrouver dans un continent peuplé de quatre cent vingt millions d'habitants, les moyens dont dispose la DGSI n'y suffiraient pas !

— Dit comme ça, il n'a aucune chance de s'en sortir.
— Ou je suis passé à côté de plusieurs indices.
— Qu'est-ce qu'on fait, commandant ?

24

Romain s'était tapé un restaurant gastronomique. Il devait maîtriser ses dépenses, mais joindre Manon lui avait pris moins de temps que prévu et deux jours lui avaient suffi pour rencontrer une relation d'Alexandre.

Tout guilleret, il pénétra dans la chambre de Christiane Trudeau. Elle était endormie. Comme son fils dans la matinée, il se rendit sur le balcon pour admirer le paysage en saturant ses poumons d'un mélange d'air frais et de fumée cancérigène.

Puis il entendit Christiane énoncer son prénom. Il éteignit sa cigarette dans le cendrier rempli à ras bord des mégots de Gabriel, et s'assit sur le lit en évitant d'écraser les jambes de la vieille dame.

— Qu'est-il arrivé à Alexandre ? En quoi toi et ton ami êtes-vous mêlés à cela ? demanda-t-elle d'un ton ferme, la sieste reléguée aux oubliettes.

Romain relata les propos échangés entre Alexandre et Pierre, l'explosion des cartouches de gaz, l'accident en scooter. Puis il énuméra les pistes envisagées afin de récupérer les documents cachés par Alexandre. Celles en cul-de-sac (Manon et le lycée Champollion) et celles à explorer (la grande propriété en Sologne, le compagnon d'Alexandre qui résidait en Amérique du Sud).

— Ils auraient dû être arrêtés ! s'énerva Christiane.

— De qui parlez-vous ?

— Des agents de la GRU, les services secrets de l'armée russe ! L'année dernière, le comité officieux qui surveille leurs activités a découvert qu'ils s'étaient réinstallés en Haute-Savoie pour mener leurs salles besognes en Europe. La situation de notre département est stratégique du fait de ses frontières avec la Suisse et l'Italie. Il fait office de base de repli avec plusieurs planques à disposition ! Le 28 avril 2015, lors d'une soirée à Sofia, Emilian Gebrev, un bulgare à la tête de l'entreprise d'armement Emko, a sombré dans le coma suite à une tentative d'empoisonnement. La substance employée, le Novitchok, est un neuroparalytique développé en secret pendant la guerre froide. Emko avait signé un contrat avec l'Ukraine et se positionnait sur des marchés dont la Russie détenait l'exclusivité. Son fils et le directeur d'Emko ont également inhalé ou ingéré du Novitchok. Rien de pire que ces histoires de gros sous ! Ces gens n'attachent aucune importance à la vie humaine, Romain. Et ils ont l'appui inconditionnel de Vladimir Poutine. Crois-moi, n'enquête pas sur eux. Sinon, tu es mort sans même le savoir !

Ces dernières paroles laissèrent Romain sans voix. Christiane, s'apercevant du désarroi qu'elle avait semé dans son esprit, enroba sa main entre les siennes. Elle murmura :

— Oublie la GRU. Tu ne peux rien contre eux. Ils gravitent au-dessus des lois. Même mes amis du comité en ont peur. Et je peux t'assurer qu'ils sont motivés ! Mais quand nous aurons accumulé suffisamment de preuves de leurs activités sur notre sol, nous en informerons des agents du contre-espionnage dont nous apprécions l'intégrité... Au fait, as-tu pensé à donner un faux nom en réservant ta chambre d'hôtel ?

— Je dors dans ma voiture, répondit Romain.

Christiane évalua la portée de cette confidence avant de poursuivre :

— Mes jours sont comptés et mes divagations insupportent Gabriel. Mais il considère mes archives comme un trésor national. Je vais l'autoriser à te les montrer. Celles concernant ma sœur Geneviève et Vladimir Fedowsky devraient t'aider à retrouver le compagnon d'Alexandre... Dans le tiroir de la table de nuit, tu vas trouver des cartes publicitaires avec l'adresse de la boutique de Gabriel. Prends-en une et passe-moi mon téléphone. Et la boîte de marrons glacés. À mon âge, les petits plaisirs sont précieux !

Romain pénétra dans une horlogerie. Gabriel Trudeau, une lampe sur le front, assemblait une montre à gousset. Romain observa ses paluches démesurées replacer avec une délicatesse insoupçonnable les minuscules roues dentées de l'objet centenaire.

— Je suis à toi dans deux minutes, fit Gabriel.
— Ça demande une précision inouïe, apprécia Romain.
— Redonner vie à ces antiquités nécessite surtout de la patience, dit Gabriel en vissant le couvercle. Ma mère radote avec ces rumeurs d'espionnage. Mais elle a refusé de parler à ceux qui sont venus avant toi. Tu as dû lui taper dans l'œil !
— D'autres personnes se sont intéressées à ses travaux ?
— Depuis que le livre est paru, plusieurs dizaines ! Historiens, généalogistes, étudiants…, services plus ou moins secrets ! Suis-moi !

Ils sortirent de la boutique et empruntèrent un escalier extérieur en métal. Parvenu sur le palier, Gabriel détacha une clé de son trousseau et ouvrit une porte blindée. Puis il invita Romain à entrer dans un studio aménagé dans une ambiance papier peint à fleurs des années soixante.

Gabriel tira le rideau en plastique d'un bac à douche :

— L'eau chaude prend son temps pour arriver. Tu trouveras du café et des biscottes dans le placard, et des plats cuisinés dans le congélo. Le micro-ondes fonctionne. Ça n'a rien d'une garçonnière, mais ça dépanne. Quand j'ai la flemme de rentrer chez moi, je reste ici. Tu dormiras mieux que dans ta bagnole ! garantit Gabriel en tapotant le matelas. Les draps et les serviettes sont dans la commode.

Puis il désigna un carton, en équilibre sur l'appui de la fenêtre :

— Ce sont les documents de ma mère. Tu peux les consulter à ta guise. Quand tu auras terminé, mets la clé dans la boîte aux lettres, précisa Gabriel en la lui lançant. Si tu es allergique aux surgelés, je te conseille le resto portugais, à une centaine de mètres sur ta gauche. Le patron ne pose pas de questions et il offre le wifi. Bonne chance…

Romain commanda un *Bacalhau com Natas*. Le gratin de morue à la crème s'avéra délicieux. Une dizaine de clients dînaient en encourageant leur équipe nationale. Dans une ambiance survoltée, le Portugal affrontait l'Argentine. Des cris enthousiastes fusaient dès que Cristiano Ronaldo touchait la balle, mais des huées ponctuées de noms d'oiseaux accompagnaient les déplacements de Lionel Messi.

Romain tendit l'oreille quand un supporter fit éclater de rire l'assemblée :

— Messi, il confond les vestiaires et la pelouse. Comme toutes ces drag queens de la Seleção !

Les joueurs brésiliens et argentins ne chaviraient pas les cœurs des Portugais, jaugea Romain.

Jusque-là, il avait souri à leurs blagues teintées d'un chauvinisme à la bonne franquette. Une partie de son cerveau passa néanmoins en mode alerte en entendant le dernier sobriquet.

Dès le coup de sifflet final, les Portugais quittèrent le restaurant. Il aborda dans la rue celui qui avait dénigré Lionel Messi :

— C'était un super match. Ronaldo a été impérial !

— Des soirées comme ça, on en redemande ! approuva le supporter.

— Pourquoi avez-vous traité la sélection brésilienne de drag queens ?

— Ils détiennent la plus importante communauté de travestis en Amérique du Sud. La plaisanterie était facile ! s'excusa le type en espérant ne pas avoir vexé un Brésilien qui lui chercherait des noises.

Romain retourna au studio. Il examina le contenu du carton, mit de côté les documents dont Christiane Trudeau s'était servie pour rédiger son livre et s'empara d'un dossier sur lequel une étiquette mentionnait *Geneviève et Vladimir Fedowsky*.

À l'intérieur, il découvrit, liées par de la ficelle, des cartes postales et des lettres de Geneviève Trudeau adressées à Christiane, sa sœur aînée. Il défit le nœud et les classa dans l'ordre chronologique avant de les lire.

Mardi 4 novembre 1958

Nous occupons enfin notre appartement. C'est petit, comparé à la maison des parents. Et sans jardin. Mais l'animation dans les rues de Lyon dépasse mes attentes. Crois-moi, je ne regrette pas d'être parti de Rives.

Ici, les futures élections accaparent les conversations. Vlad va voter pour l'UNR, un nouveau parti qui soutient le Général. Son emballement pour la politique me sidère, mais je suivrai son avis.

Il me reste beaucoup d'affaires à ranger, car Vlad n'a toujours pas monté les penderies.

Embrasse papa et maman.

Lundi 8 décembre 1958

Vlad a enfin installé tous les meubles !

Une société de taxis l'a embauché. J'aurais préféré qu'il trouve un travail plus valorisant, mais tu sais combien il déteste être enfermé dans un bureau !

J'ai acheté la robe pour maman. J'espère qu'elle lui plaira.

Nous arriverons la veille de Noël.

Porte-toi bien.

Mercredi 11 février 1959

Depuis une dizaine de jours, Vlad est maussade. J'ai l'impression de le déranger quand je lui parle. Nous désirions pourtant fonder une grande famille. L'appartement comporte trois chambres et nos problèmes d'argent sont résolus puisque l'ami de papa m'a embauchée dans son étude notariale.

Mais j'imagine qu'un homme éprouve des difficultés à s'engager envers un enfant.

Je t'embrasse.

Lundi 16 février 1959

En rentrant de l'étude, j'ai trouvé Vlad endormi sur le carrelage de la cuisine, sa main accrochée à une bouteille de vodka. Entre deux ronflements, il parlait d'informations transmises aux bolcheviques, d'un colonel enlevé. Le lendemain, je lui ai demandé des explications sur son état. Il a prétexté une journée sans pause, des clients exécrables, des bouchons monstres. Il avait eu besoin de décompresser. Quand j'ai abordé le non-sens de ses propos, il a évoqué de mauvais rêves sans intérêt et est parti travailler sans me dire au revoir.

Je ne sais que penser.

Je vous embrasse tous les trois.

Jeudi 26 mars 1959

Vlad a reporté la date du mariage. Je suis enceinte de trois mois et j'ai peur que le curé refuse de nous unir à l'église s'il s'en aperçoit.

J'espère me faire des idées, mais je me demande si Vlad n'a pas une maîtresse. Il rentre de plus en plus tard, ne parle jamais de notre futur enfant et repousse toutes mes avances !

Je t'embrasse.

Lundi 6 avril 1959

Vlad a perdu plusieurs kilos. Lui, pourtant si gourmand, ne finit plus son assiette ! La semaine prochaine, il s'absentera pendant deux jours. Il va amener un client fortuné en Sologne pour une partie de chasse à courre.

Je n'en ai pas cru un mot et me suis adressée à un détective privé. Toutes mes économies vont y passer ! Tu vas me prendre pour une folle, mais je veux savoir ce qu'il manigance. Quel qu'en soit le prix.

Embrasse papa et maman de ma part.

Samedi 18 avril 1959

J'ai reçu le rapport du détective. Vlad n'a pas de liaison avec une autre femme. Cela m'a rassurée et je m'appellerai Geneviève Fedowsky après notre mariage !

Mais son périple de la semaine dernière me laisse perplexe. Il s'est bien arrêté dans une grande propriété en Sologne, mais contrairement à ce qu'il m'avait dit, n'y a pas amené de client.

Il en est ressorti une demi-heure plus tard avec un homme. Ils se sont rendu chacun dans leur voiture à Châlette-sur-Loing, une ville du côté de Montargis, dans le Loiret. Ils y ont assisté à une soirée folklorique, puis Vlad est rentré sur Lyon. De nuit !

Pourquoi a-t-il effectué un détour de trois cents kilomètres pour regarder des Ukrainiens danser ?

Je me pose des questions et compte obtenir les réponses.

Je t'embrasse.

PS Je joins à ce courrier un double des photos de la propriété et de la salle de spectacle prises par le détective privé. J'ai beau les avoir examinées pendant des heures, je ne vois rien de particulier.

Mercredi 22 avril 1959

Hier soir, j'ai demandé des explications à Vlad. Comme il ne voulait pas répondre, le ton est monté et il est sorti en claquant la porte, sans même avoir touché au repas !

Il a passé la nuit je ne sais où et, ce matin, je suis allé à l'étude, comme d'habitude. Quand je suis rentrée, une grosse enveloppe m'attendait sur la table du salon. Elle contenait deux cent cinquante mille francs et un mot de Vlad. Il avait résilié le bail de l'appartement et me laissait cette somme pour m'installer dans une autre ville.

Il insistait pour que je taise qu'il était le père de notre enfant et que je n'essaie pas de le joindre. Il s'excusait de ne pouvoir m'en dire plus, mais m'expliquerait d'ici quelques mois, quand tout serait redevenu normal ! Il désirait mon bonheur et disparaissait pour me protéger. De qui ? De quoi ? D'où vient tout cet argent ? Sûrement pas des pourboires de ses clients !

Si un malheur lui arrivait ou si je ne supportais pas d'élever notre enfant toute seule, je n'avais qu'à avorter ou lui trouver un père de substitution. Mais pour quelle raison voudrait-on lui ôter la vie ?

J'ai tourné en rond pendant deux jours avant de me décider : je pars à Paris. En attendant de dénicher mon propre appartement, je logerai chez oncle Marcel.

Je t'embrasse. N'en parle pas à papa et maman !

Jeudi 13 août 1959

Le dimanche suivant mon installation chez lui, Oncle Marcel m'a présenté à un de ses amis, un avocat d'affaires. Il recherchait une secrétaire et m'a engagée. Ce nouveau travail me plaît, Paris est une fête perpétuelle !

Le garçon qui occupe le bureau en face du mien est adorable. Mon ventre est devenu énorme, mais il me considère comme la plus belle femme de l'univers et celle de sa vie. Je crois qu'il sera un père merveilleux.

Notre mariage aura lieu à Meudon. Malgré leur état de santé, j'aimerais que papa et maman puissent t'accompagner pour y assister.

Je t'embrasse.

Mercredi 30 septembre 1959

L'accouchement s'est déroulé sans problème et Paul est aux anges.

Le bébé pèse trois kilos deux cents. Je le trouve maigrichon pour sa taille, mais la sage-femme m'a assuré qu'il était en excellente santé.

On a décidé de l'appeler Alexandre. Alexandre Gribois. Notre empereur à nous !

Je ne pensais jamais éprouver un tel bonheur.

Je regrette que ta maladie t'empêche de venir à Paris.

Mais nous descendrons tous les trois pour Noël.

Je t'embrasse.

Jeudi 15 février 1973

Je suis inquiète. La santé de Paul se dégrade de jour en jour. Les médecins parlent d'une leucémie. J'hésite à l'annoncer à Alexandre. Tu sais comme il aime son père !

Ta présence à mes côtés me procurerait un grand réconfort. Mais si tu ne peux te déplacer à cause de ton travail, je comprendrais.

Merci pour ta dernière lettre qui m'a remonté le moral.

Je t'embrasse.

Mardi 22 janvier 1974

Ma sœur chérie,

Quand je suis revenue du cabinet, Alexandre avait préparé le repas. Nous avons dîné, puis il m'a proposé de lui faire réviser une leçon de science naturelle.

Il a déposé les cartes de groupe sanguin de Paul et de moi sur la table – il a dû fouiller dans mes affaires pour se les procurer – et m'a collé la sienne devant les yeux. Comme je faisais mine de ne pas comprendre, il m'a expliqué qu'il ne pouvait appartenir au groupe A. Je figurais dans les O et Paul dans le B. Puis il m'a demandé qui était son vrai père.

J'ai cru qu'il allait tout casser dans l'appartement et me suis résolu à lui avouer la vérité.

J'espère ne pas avoir commis l'irréparable.

Je t'embrasse.

Vendredi 5 avril 1974

Un homme charmant me courtise, mais je n'ai plus le cœur à partager mon quotidien. Une bêtise supplémentaire, j'imagine !

Alexandre veut apprendre le russe. Je pensais qu'il arrêterait l'anglais ou l'allemand, mais son professeur principal m'a affirmé qu'il était doué et s'en sortirait avec brio s'il cochait cette option de troisième langue.

Il sera obligé de prendre le métro pour rejoindre son futur lycée, mais il s'en fiche. À part ce qui touche à la Russie, rien ne compte. Il passe ses temps libres à lire des livres historiques sur les tsars, la révolution bolchevique, les méfaits du KGB...

Je ne sais pas où cela va le mener !

Il me tarde de te revoir.

Jeudi 20 mars 1975

    Aujourd'hui, je suis rentrée plus tôt que prévu. J'ai trouvé Alexandre dans son lit, en compagnie d'un homme.
    Ils étaient déshabillés. Alexandre s'est contenté de me demander si j'avais un problème. Comme je n'arrivais pas à articuler le moindre mot, il s'est mis à l'embrasser !
    Je me suis renseignée, c'est son professeur de russe. Si je le dénonce à la police, je crains qu'Alexandre ne fugue.
    Il n'a même pas seize ans ! Je ne sais quelle attitude adopter et te demande conseil.

Vendredi 23 juillet 1982

    Ma sœur chérie, Alexandre vient d'être reçu à l'agrégation. Premier, avec les félicitations du jury. À vingt-deux ans !
    La fréquentation de son professeur aura au moins servi à quelque chose.
    Mais l'autre jour, il est arrivé avec une fille. Les soupirs que j'ai entendus à travers la porte ne laissaient aucun doute sur leur occupation ! Je ne sais quoi en penser.

Lundi 6 septembre 1982

    Hier, Alexandre m'a téléphoné. Avec son classement, il pouvait intégrer n'importe quel lycée parisien, mais il a préféré ce poste à Grenoble.
    Tu sais, les rares fois où nous échangeons, il donne le minimum d'explications. Mais j'ai réfléchi sur son choix et j'ai fini par comprendre que, depuis sept ans, il poursuit un même et unique objectif : rencontrer son père génétique.
    Mais Vlad vit-il en France ? Est-il mort ? Les menaces qui pesaient sur lui restent-elles d'actualités vingt-trois ans plus tard ?
    Qu'il le retrouve ou pas, dans quel état Alexandre sortira-t-il de cette quête insensée ?

Mercredi 2 novembre 1994

    Par une carte postale, Alexandre m'apprend qu'il vit du côté de São Paulo. Il a cessé d'enseigner. Pourra-t-il retrouver son poste s'il décide de revenir en France ?
    Qu'est-il allé chercher dans ce pays lointain ? Cette question m'obsède, mais je ne détiens aucun élément de réponse. Tu n'imagines pas combien toutes ces années sans obtenir de ses nouvelles m'ont épuisée. J'espère que ce courrier deviendra le premier d'une longue série !
    Je me suis inscrite en septembre à un atelier de peinture. Entre les leçons et ma nouvelle promotion, je suis débordée... Et ça me fait un bien fou !
    Je t'embrasse.

Samedi 16 octobre 1999

    J'ai reçu un mot d'Alexandre. Il mesure aujourd'hui combien il a dû être difficile de l'élever après le départ de Vlad. Il regrette son attitude passée à mon égard et me demande de l'excuser.
    Mais il ajoute qu'il communiquera par courrier. Venir me voir me mettrait en danger, comme m'en dire davantage ! C'est un pas énorme, mais tu peux imaginer l'alternance de bonheur et d'angoisse que je ressens.
    J'allais oublier : il a une fille. Elle s'appelle Manon et il ne l'a jamais rencontrée ! Mais quand s'arrêtera cette malédiction qui frappe les gens que j'aime ?
    Je t'embrasse.

Mercredi 11 février 2009

Ma sœur chérie,

Le diagnostic des médecins ne recèle guère d'espoir. Ce fichu cancer me laisse quelques jours, deux semaines tout au plus. Je profite de ce répit pour t'écrire cette dernière lettre et te remercier de nos échanges. Ils m'ont apporté tant de réconfort dans les moments pénibles que j'ai traversés.

Hier, il s'est passé un évènement extraordinaire. Comme tu le sais, Alexandre m'envoie des cartes postales. Un format qui l'excuse de ne pas s'étendre sur sa vie ! Eh bien, figure-toi qu'il était assis dans le fauteuil de ma chambre. Il attendait la fin de ma sieste. J'ai failli m'évanouir en le reconnaissant.

Malgré ses cinquante ans, on lui en donnerait trente-cinq. Il était un beau jeune homme, mais la maturité l'a rendu magnifique. Une force incroyable se dégage de son regard. En même temps, ses traits féminins lui procurent une sensualité irrésistible.

Mais le charme d'Alexandre se double d'un entêtement peu commun : il a découvert dans quelles circonstances Vlad avait été exécuté ! Il m'a remis une lettre dans laquelle tout était détaillé. Il pensait que je pourrais la relire sans oublier ou déformer ses paroles. J'en ai joint une photocopie à ce courrier. Comme ça, tu te feras ta propre idée.

Il a ajouté qu'il continuait de chercher des preuves, car le trafic qu'il mentionne perdurerait. Quand je lui ai demandé comment il s'y prendrait, il m'a répondu que l'ignorance préservait de bien des déboires !

Cela va te paraître étrange, mais je me suis sentie soulagée. Vlad n'avait pas menti. Et avec le recul, je comprends qu'en nous évinçant de sa vie il nous a évité de finir assassinés !

Tu parlais d'anciens militaires tsaristes kidnappés durant les années trente quand tu écrivais ton livre. Mais, je dois te l'avouer, ton intérêt pour les mésaventures de ces immigrés dépassait mon entendement. Si j'avais porté plus d'attention au monde extérieur, j'aurais intégré les origines de Vlad dans l'équation.

Avant de partir, Alexandre m'a montré une photo de Manon. Elle a vingt-cinq ans et les yeux de son père. Une beauté renversante !

Voilà, Christiane, ma parenthèse en ce monde se referme. Peu m'importe de mourir, je suis sereine après cette visite inespérée d'Alexandre. Et ma petite fille est magnifique !

J'ai pris mes dispositions pour être enterrée dans le caveau avec papa et maman. Rejoins-nous le plus tard possible !

Je t'embrasse une dernière fois avec tout mon cœur.

Ta Geneviève

Les explications d'Alexandre

Il y a de cela une vingtaine d'années, je participais à une soirée. Alexis Boldaïev, un vieux proxénète d'origine russe bourré comme un coing, s'y est vanté d'appartenir aux services de renseignements militaires de l'armée soviétique (la GRU). Il prétendait avoir exécuté deux types au printemps 1959, car le président de l'URSS Kliment Vorochilov désirait éteindre toute velléité de reconquête parmi les officiers tsaristes exilés en France.

Sa mission avait consisté à tendre un guet-apens au colonel Wrotsky qui habitait le château de l'Orgère. Il avait menacé un chauffeur de taxi – il n'a pas cité de nom, mais j'ai aussitôt pensé à Vladimir Fedowsky – de tuer sa famille s'il refusait de contribuer à l'attentat. La déviation qu'Alexis Boldaïev avait mise en place les obligerait à emprunter une ancienne route à l'abandon sur laquelle il allait simuler une chute de moto avant de liquider Wrotsky. Le plan avait fonctionné et Boldaïev avait également assassiné le conducteur ! Je l'aurai bien descendu sur le champ, mais trois malabars l'accompagnaient.

Cela dit, plusieurs passages de son récit me faisaient douter de sa véracité :

– Un homme seul ne pouvait réussir une telle opération. Ni transporter les panneaux de déviation jusqu'au carrefour en moto !

– Un agent de la GRU, même ivre mort, n'évoque jamais ses missions en présence d'un inconnu !

– Effectivement, le maréchal Kliment Vorochilov présidait le Soviet suprême de l'URSS, à cette époque. Mais ce n'était qu'un titre honorifique, et il avait d'autres chats à fouetter que de s'occuper d'un vieux soldat en exil !

En regardant si un chauffeur de taxi et un colonel russe avaient été victimes d'un attentat près de Rives, je suis tombé sur un article du Dauphiné Libéré daté du 13 mai 1959. Il relatait un étrange incident. Une 203 break volé la veille avait pris feu sur un chemin forestier. Les pompiers avaient désincarcéré deux individus, carbonisés à l'intérieur du véhicule. Une médaille pour la bravoure à l'effigie du tsar Nicolas II traînant sur le châssis, les recherches s'étaient orientées vers le château de l'Orgère. Même si personne n'avait remarqué le taxi, elles déterminèrent que le colonel Yvan Wrotsky avait quitté sa chambre au petit matin. L'autre victime n'avait pu être identifiée.

À force d'insister, j'ai pu accéder au rapport de gendarmerie de l'époque et repérer un élément qui ne figurait pas dans l'article. Une douille, retrouvée près de la voiture calcinée, provenait d'une cartouche de 9 mm fabriquée en Russie et spécialement conçue pour le pistolet semi-automatique Makarov. L'inspecteur chargé de l'enquête s'était demandé qui avait tiré. Mais, compte tenu de l'absence de balle et de l'omerta pratiquée par les Russes en exil, l'affaire fut classée.

J'ai relu le « Temps des Russes », le bouquin de tante Christiane. Le chapitre qui concernait les activités des services secrets bolcheviques sur notre territoire entre les deux guerres m'a incité à diriger mes recherches sur la douille de 9 mm. J'ai appris que les militaires et les forces de l'ordre russes utilisaient des Makarov ! Même si Alexis Boldaïev avait fantasmé son appartenance à la GRU et enjolivé les faits, cela confirmait qu'il avait participé au guet-apens. Sinon, il n'aurait pu connaître autant de détails. Par la suite, j'ai découvert qu'il remplaçait ses filles vieillissantes en débauchant des adolescentes au sein de la communauté russe iséroise. Le colonel était-il sur le point de dénoncer son trafic ? Ou celui d'autres proxénètes ? (J'ai rencontré d'anciennes prostituées racolées par des types du milieu marseillais !) Là encore, je n'ai pas la réponse.

Mais revenons sur l'organisation de ces deux meurtres et supposons qu'Alexis Boldaïev ait pu transporter les panneaux de déviation, ainsi qu'une motocyclette, en recourant à une camionnette. Déguisé en gendarme, il attend le passage du colonel pour remballer tout son fourbi ; puis il monte sur la bécane, fonce sur la départementale jusqu'au deuxième embranchement avec le chemin forestier, l'emprunte en sens inverse de celui pris par le taxi et simule une chute. Les crimes ont eu lieu à huit cents mètres de la déviation. Je suis allé vérifier sur place, le timing est impossible !

Sans oublier la récupération de la camionnette puisque personne n'en a remarqué d'abandonnée. J'en ai déduit que ce bon vieux proxénète avait reçu de l'aide. De qui ? J'ai l'intime conviction que des agents de la GRU ont planifié et réalisé l'attentat, et qu'Alexis Boldaïev y a participé d'une façon ou d'une autre.

Mais un autre point m'intriguait : si Vlad conduisait, pourquoi aurait-il utilisé un véhicule volé ? J'ai identifié la compagnie pour laquelle il travaillait, à Lyon. Quinze jours auparavant, il avait démissionné. Il n'avait donc plus de moyen de transport à disposition. Avait-il dérobé la 203 lui-même ou la lui avait-on procurée ? Mystère ! Puis, j'ai relevé dans un article paru le lendemain le suicide d'un chauffeur de taxi indépendant d'origine russe retrouvé pendu chez lui. Sa Renault Frégate avait disparu, mais les enquêteurs n'avaient pas vu l'intérêt de relier ce soi-disant suicide à l'attentat ! D'après un proche que j'ai rencontré, il avait l'habitude de balader les militaires russes qui résidaient au château de l'Orgère. Les assassins s'en sont-ils pris à lui pour mettre le colonel en confiance ? Probablement. Toujours est-il qu'ils disposaient de deux véhicules ! Ce qui résout le transport des hommes et du matériel nécessaires à l'opération.

Alexis Boldaïev est mort d'une crise cardiaque pendant un rapport sexuel avant que je n'aie l'occasion de lui soutirer la vérité. Je ne connaîtrai jamais le déroulement exact du guet-apens, mais je vais prolonger mes investigations envers les autres protagonistes. Sont-ils décédés ? Le colonel Wrotsky aurait cent vingt-deux ans aujourd'hui ! Mais ses assassins, entre soixante-dix et quatre-vingts. S'ils sont encore en vie, accepteront-ils de me parler pour soulager leur conscience ? Christiane évoque des Russes blancs recrutés au château de l'Orgère par les Soviétiques. Des agents de la GRU sont récemment passés à Rives et j'ai ouï dire qu'ils recherchaient des planques en Haute-Savoie.

Même si j'en reviens bredouille, je ne lâcherai pas avant d'avoir exploré toutes les pistes !

25

Hervier avait réinvité Duroux au restaurant sur l'île Saint-Germain.

— Si on déjeune ici tous les jours, vous allez y laisser votre paye, commandant !

Grand seigneur, Hervier leva la main pour stopper net toute participation. Ses comptes épargnes dépassaient le plafond.

— Qu'as-tu découvert sur la fille d'Alexandre Gribois ? demanda-t-il.

— Pas de Manon Gribois à l'état civil et on ne connaît pas le nom de sa mère. Mission impossible !

— L'éducation nationale a-t-elle fourni des renseignements dignes d'intérêt ?

— Elle continue de payer Alexandre. Avant son congé de longue maladie, il a enseigné de septembre 1982 à juin 1984 au lycée Champollion, à Grenoble. J'ai appelé le proviseur. Lui et les autres membres de l'établissement présents à l'époque ignoraient Alexandre : son allure faisait tache dans ce haut lieu de la tradition ! Mais avant-hier, il a reçu un jeune homme qui voulait inscrire son frère cadet. Durant la conversation, le gars a demandé des nouvelles d'Alexandre Gribois. Sa description correspond à celle de Romain Favre !

— Décidément, ce type maintient son avance ! maugréa Hervier. Si ça se trouve, il a retrouvé Manon et elle lui a donné les documents.

— Si c'était le cas, il se serait abstenu de visiter l'Isère. Pour moi, il a passé les quatre jours précédents à la rechercher, mais il a échoué. Et je n'imagine pas Alexandre mettre sa fille en danger en lui confiant un dossier mortel !

— Mais elle sait peut-être qui le détient, ce dossier ! As-tu regardé si Romain avait payé une station-service ou un hôtel avec sa carte de crédit ?

— Il ne l'a pas utilisée. Avec douze mille euros dans ses poches, il peut voir venir !

Romain avait plusieurs tours dans son sac, s'inquiéta Hervier en se rappelant les propos de sa sœur. Ce type avait organisé son escapade comme un chef d'état-major lors d'une campagne militaire. On planifie les objectifs, on fait suivre l'intendance, on envoie des éclaireurs et on donne l'assaut. Combien de temps allait-il courir après un magicien ?

— D'après toi, comment va-t-il s'y prendre pour retrouver le manoir ?

— Pourquoi s'y rendrait-il, commandant ?

— Si son excursion à Grenoble s'avère aussi infructueuse que celle dans le Territoire de Belfort, la Sologne est sa prochaine destination. J'en parierai ma chemise !

Duroux emmêla sa langue sept fois avant de contredire son supérieur :

— Les propriétés qui accueillent des séminaires d'entreprise ne manquent pas dans ce coin-là. Trouver les adresses, en visiter une trentaine par semaine… Tomber dessus avant plusieurs mois requerrait un coup de bol phénoménal. Le temps lui est compté et il le sait.

— Il pourrait tenter le piratage informatique de nos bases de données.

— Écoutez, commandant, tous les jours des hackers s'y essaient et nous engageons les meilleurs. Même si Romain installe des systèmes de surveillance, il est à des années-lumière de posséder leurs compétences ! Quant à l'hypothèse d'un complice issu de chez nous, les hasards cumulés dans cette affaire ne l'accréditent pas… Sa seule option disponible serait de retrouver le compagnon d'Alexandre. Mais c'est juste une pure chimère. Il tourne en boucle et va se décourager. Romain entre dans la rubrique *pertes sans profits*, commandant !

— Nous aussi, Étienne, on tournicote !… Pourquoi Alexandre a-t-il pris *Sacha* comme nom de scène ?

— C'est un diminutif russe d'Alexandre. Il voulait marquer l'attachement à ses racines. Comme moi, lorsque je me fais appeler Estêvão, en souvenir du Brésil.

— Alexandre Gribois aurait des origines russes ? Rien de tel ne figure sur sa fiche.

— Nous pourrions comparer son ADN avec celui de son père. Mais demander ces tests provoquerait des remous. Ce n'est peut-être pas le moment !

26

Romain arriva à Bourges à dix-huit heures trente. Il se gara devant un tabac presse et s'y procura une Michelin de la région, un stabilo jaune et des cigarettes. Puis il dîna dans une crêperie équipée du wifi et repéra un endroit pour dormir près de Vierzon, la ville en Sologne la plus proche.

En repartant, il passa devant le tribunal administratif de grande instance. Bon ou mauvais signe ? se demanda-t-il en recherchant un panneau de signalisation.

Des champs, des prés, quelques arbres esseulés… Il aperçut enfin le petit bois qui l'avait séduit sur *Google Earth* et s'y enfonça par un chemin de terre. Cette végétation opaque protégerait son intimité.

Il déplia son matelas à l'arrière de la camionnette, alluma sa lampe à gaz et regarda la photo du domaine prise par le détective privé engagé par Geneviève Trudeau. Seul indice notable, deux porches étroits – un pour l'entrée des véhicules, l'autre pour leur sortie – scindaient un mur de clôture en pierres.

La superficie de la Sologne ? Cinq mille kilomètres carrés, soit cinquante fois celle de Paris. Tant pis s'il devait y passer plusieurs jours. Il le trouverait, ce manoir !

27

Cerbère déclenchait des alertes afin de ne pas finir au musée des logiciels. Mais, dans l'ensemble, il laissait Étienne Duroux approfondir ses propres recherches.

Pendant ce temps, Hervier ressassait les éléments dont il disposait. Il arrêta quand son téléphone personnel sonna. Un numéro inconnu s'affichant sur l'écran, il hésita avant de décrocher.

— Bonjour, commandant. C'est Marcelin.

Ce nom ne lui évoquait rien. Il le resitua lorsque le type mentionna l'accident de scooter de Pierre Darvaut.

— Du nouveau, lieutenant ?

— Je préférerais vous en parler de vive voix. Je vous envoie l'adresse d'un restaurant italien. Je vous y attendrai pour treize heures.

— Parfait ! répondit Hervier.

Installé à l'ombre d'un parasol, Marcelin grignotait des cacahuètes. Deux Ricard et une serviette en skaï noir reposaient sur la table.

— Quitte à louper la cantine, autant se taper la cloche ! On trinque ? dit-il en levant son verre.

Sur ses recommandations, Hervier commanda des lasagnes. Puis Marcelin lui expliqua le motif de ce tête-à-tête :

— Le lendemain de votre visite, j'ai déjeuné avec Huchard, le médecin légiste. Il m'a appris que vous vous étiez déplacé à l'hôpital pour l'interroger. Je me suis marré en pensant que vous étiez payé à chercher des poux sur un chauve. (L'exaspération du commandant sur le point d'exploser, Marcelin garrotta son persiflage.) Puis le toubib m'a montré le courrier de Pierre Darvaut et m'a parlé du boiteux qui était venu lui poser des questions similaires aux vôtres. Alors j'ai revu ma copie. Si l'on accorde du crédit à cette lettre, ça pue le secret d'État ! Comme je n'aime pas ça, j'ai mis deux de mes gars sur le coup. Et vous savez quoi ?

Hervier, ses oreilles déployées, secoua la tête en écarquillant les yeux.

— Ce jour-là, une Range Rover noire a stationné plusieurs heures à une centaine de mètres de la baraque des Darvaut. Le conducteur, un type patibulaire, se dégourdissait les jambes en fumant clope sur clope. Il a fini par démarrer au moment où Pierre Darvaut est monté sur son deux-roues. Pas de chance pour sa pomme, un voisin à la retraite porté sur les ragots lui a tiré le portrait !

Marcelin ouvrit sa serviette. Il en retira deux feuilles de papier glacé qu'il posa sur la table.

— Je les ai imprimées pour vous. Regardez sa gueule, il n'a pas l'air d'un scout !... Sur cet autre cliché, on distingue la plaque minéralogique de sa caisse. Le 4x4 appartient à *Loisirs Industrie*, une société d'évènementiels basée à Gièvres, un bled dans le Loiret. Je tenais à vous avertir avant de convoquer ces lascars.

— Lieutenant, vous avez fait du super boulot ! s'enthousiasma Hervier en récupérant les photos. Concernant le conducteur et les propriétaires du véhicule, je vous donnerai le feu vert quand nous aurons clos une affaire prioritaire. Vous avez compris ?

— Reçu cinq sur cinq, commandant, acquiesça Marcelin, tout fier d'avoir apporté sa pierre à une enquête délicate.

— Pouvez-vous me procurer l'adresse de *Loisirs Industrie* ?

Marcelin avait prévu le coup. Il lui tendit une fiche :

— J'ai noté les coordonnées GPS !

— Bravo, lieutenant. Contactez-moi si vous désirez intégrer la DGSI. J'appuierai votre requête. Une dernière chose : où puis-je trouver une station-service ?

— À cinq cents mètres, en revenant sur Paris, vous passerez devant une zone commerciale.

Hervier alla régler l'addition. Remonté dans sa Volvo, il téléphona à Duroux et lui transmit les informations qu'il avait recueillies de la bouche du gendarme.

Le dos calé sur son siège, il réfléchit à la tournure des évènements. Il possédait une photo de l'assassin de Pierre Darvaut et l'adresse des commanditaires. Il avançait, mais la prudence restait de mise. Il prit la direction de Paris, repéra l'hypermarché et remplit de gasoil le réservoir de sa voiture.

Duroux le rappela :

— Commandant, un certain Oleg Bounine préside la société Loisirs Industrie. La propriété appartient à sa femme Catherine, la fille d'Anton Boldaïev.

— Et alors ? s'enquit Hervier en se glissant dans le trafic de la départementale.

— Nos services suspectaient Anton Boldaïev de travailler pour les Russes, jusqu'à ce qu'il aide la DST à compromettre un employé du ministère de l'Industrie.

— Beau travail Étienne, je vais aller à Gièvres.

— Je vous accompagne, commandant.

— Non, tu t'es suffisamment impliqué pour le moment.

Hervier tapa l'adresse du manoir. Le GPS annonça trois cent cinq kilomètres en trois heures et douze minutes.

Gièvres

La Michelin dépliée sur le tableau de bord, Romain avait parcouru les alentours de Vierzon en surlignant avec le Stabilo les trajets accomplis. À treize heures, il était entré dans un café, y avait déjeuné d'un croque-monsieur et avait comparé les tracés recouverts de jaune avec ce qu'il lui restait à explorer. Le déni se rendit à l'évidence : à ce rythme, inspecter l'intégralité de la Sologne durerait des semaines. Il devait changer de stratégie, prendre le risque de montrer la photo des deux porches à des autochtones.

En fin d'après-midi, il s'arrêta à Gièvres et commanda un demi dans le bar en face de la gare. Comme lors de ces précédentes haltes, le cliché n'éveilla pas la mémoire des clients. Mais le patron lui indiqua un vieillard installé en terrasse :

— Maxime Barrault a écrit un guide touristique sur la Sologne. Si quelqu'un peut vous renseigner, c'est lui !

Romain paya sa consommation et sortit de l'établissement. Son corps malingre ramassé dans un costume élimé, Maxime Barrault avait posé ses fesses près de l'entrée, comme s'il souhaitait écouter les conversations en profitant de la brise légère qui ventilait la rue.

— Bonsoir, monsieur, puis-je m'asseoir à votre table ?
— Les gens polis sont de bonne compagnie.

Romain apporta une chaise et Maxime Barrault lui demanda :

— Que puis-je pour vous, mon garçon ?
— Je recherche une propriété en Sologne. Le patron vous a présenté comme l'homme de la situation.

Romain lui remit la photo :

— Ces porches vous évoquent-ils un souvenir ?

— Voyons ça, dit Barrault en remontant les lunettes qui pendaient au bout de son nez.

Il les regarda quelques secondes avant de donner son verdict :

— Le domaine existe toujours. Alexis Boldaïev, un Russe, s'en est porté acquéreur en 1951. À l'époque, on le dénommait *le manoir clos*, si vous saisissez le sous-entendu ! Ses descendants ont rehaussé les murs de la clôture et remplacé les deux porches par un unique portail en 1985. Un an de travaux ! Depuis, ils organisent des séminaires. Beaucoup de véhicules entrent et sortent. Même des cars ! Mais les propriétaires évitent le village. Ils n'emploient personne du coin et restent entre eux. Vous êtes certain de vouloir y aller ?

— Les endroits mystérieux attisent ma curiosité ! lança Romain en étalant sa carte Michelin.

Le vieil homme déploya une moue décontenancée, puis il posa un doigt sur l'emplacement du domaine.

Malgré leur âge avancé, Maxime Barrault et Christiane Trudeau avaient gardé toute leur tête. Mais pour combien de temps ? Quel gâchis ! déplora Romain en imaginant ces savoirs perdus.

Il longeait le bois de La Gendretière quand il aperçut le mur d'enceinte de la propriété. Il continua jusqu'à une intersection, vira à droite et répéta trois fois la même opération avant de s'engager dans un chemin forestier. La camionnette à l'abri des curieux, il regarda le compteur kilométrique. Il avait parcouru deux kilomètres. La superficie du domaine avoisinait les vingt hectares, estima-t-il

Le mur approchait les trois mètres de haut. Si les crocs aiguisés d'une meute de dobermans patientaient de l'autre côté, l'escalader serait suicidaire. Il pensa se procurer un drone et survoler les lieux, mais ces engins provoquaient un boucan d'enfer. En attendant qu'Internet lui fournisse une vue aérienne en toute discrétion, il installerait la caméra pour filmer l'entrée du manoir. Il ouvrit le hayon et vérifia si la batterie était chargée. La mallette dans les bras, il traversa le bois, jusqu'à ce qu'il discerne le porche entre les troncs. Il n'était pas sujet au vertige et grimpa à un arbre dont la hauteur dépassait ceux qui bordaient la route. À cheval sur une branche, il orienta l'objectif vers le portail, la fixa à l'aide de deux tendeurs et appuya sur « ON ». Avant de redescendre, il retint sa respiration le temps qu'un bruit de moteur se confonde avec le silence crépusculaire.

Puis il retourna au café de Gièvres et réveilla *Google Earth*. Les images de la propriété n'atteignaient pas la définition que le logiciel proposait pour les zones urbaines. Néanmoins, il s'imagina, un joystick en main et calfeutré dans un container en plein désert du Nouveau-Mexique, aux commandes d'un Predator. À partir du porche, une allée de tilleuls desservait une vaste cour donnant sur le manoir et un hangar. Dans le parc, des voiturettes et des cyclistes inanimés parsemaient un ensemble de chemins goudronnés. Ils reliaient entre eux une dizaine de bâtiments, ainsi que quatre courts de tennis, une piscine couverte, un practice de golf, un terrain de boules et un parcours de sauts d'obstacles. Le tout cerné de pelouse. Pour les amateurs de balade en forêt, un bois à gauche de ces installations se dressait sur la moitié du domaine. De quoi satisfaire les séminaristes en quête de muscles, se moqua Romain en refermant son ordinateur. Certaines structures devaient abriter d'autres équipements, mais rien ne laissait supposer que des soirées illicites s'y déroulaient.

*

Arrivé à Gièvres sur les coups de dix-huit heures, Hervier commença par réserver une chambre au *Grand Chêne*. Puis il entreprit d'explorer les abords de la propriété avant la tombée de la nuit. Il dissimula sa voiture derrière une grange à l'abandon avant de contourner le mur d'enceinte, dans le sens inverse de celui accompli par Romain. Il atteignait son point de départ quand il aperçut une lumière scintiller. Il se faufila entre les fougères et distingua un camping-gaz dressé à côté d'une camionnette blanche. Adossé contre la carrosserie, une cigarette en bouche, Romain Favre surveillait la cuisson de son repas.

Il avait enfin retrouvé celui qu'il traquait, se réjouit-il. Il sortit ses jumelles de poche de leur étui et reluqua le visage éclairé par les flammes. Ce type ne cassait pas des briques, rien à voir avec Bruce Lee. Mais il avait trouvé le manoir ! Romain disposait de ressources insoupçonnées, jugea Hervier en le regardant manger.

*

La fraîcheur de la nuit commençait à transpercer les vêtements de Romain. La graisse d'oie du cassoulet lui procura une protection bienvenue. Il mâcha le dernier haricot en se demandant s'il ne gaspillait pas son temps avec ses méthodes d'espionnage tiré d'une mauvaise série B.

Puis il s'allongea sur le matelas et rêva de Manon.

*

Romain Favre couchait à l'arrière de son véhicule. Ceci expliquait l'absence d'opérations sur sa carte bleue ! pensa Hervier. Maintenant qu'il l'avait rattrapé, hors de question de le perdre de vue en rejoignant l'hôtel. Si Romain dormait à la belle étoile, il ferait de même.

Vers trois heures du matin, il s'approcha de la camionnette. Romain ronflait comme une forge. Il en profita pour poser un émetteur GPS aimanté sous le châssis.

Accroupi derrière un talus, il observait le Citroën quand il entendit des bruits de moteur en provenance de la route. Le temps de traverser le bois, les véhicules avaient disparu, mais il aperçut trois types armés de fusil-mitrailleur rentrer dans le domaine. Une petite sauterie avait eu lieu au manoir et les gars chargés de protéger les fêtards n'étaient pas des plaisantins. Romain n'avait aucune chance s'il se frottait à eux, estima Hervier qui se préparait à passer une nuit blanche.

*

À cheval sur un drone, Romain faisait des loopings au-dessus d'une cité moyenâgeuse. À chacune de ses acrobaties, il frôlait les chapeaux ronds d'une trentaine de fantassins qui, en retour, cherchaient à l'atteindre avec leurs javelines. Il les narguait du doigt quand un dragon, apparu par enchantement, cracha des gerbes de flammes sur son engin. Romain s'écrasa contre les fortifications et la populace entonna un chant de victoire.

Ce genre de rêves commençait à le gonfler ! marmonna-t-il en ouvrant le hayon.

*

Réveillé par un claquement de portière, Hervier se massa les paupières en vilipendant son manque d'entraînement.

*

Sans soupçonner la présence d'un observateur, Romain remplit une casserole avec de l'eau minérale et la fit bouillir. Il aurait volontiers avalé trois croissants pour se remettre du cauchemar, mais se contenta d'un paquet de biscuits trempés dans du café lyophilisé avant de décoller de son campement.

*

Hervier suivit Romain à une distance suffisante pour ne pas éveiller son attention, mais sans le quitter des yeux. Ça, il savait le gérer ! se complimenta-t-il en le regardant monter en haut d'un arbre.

« Mince ! » faillit s'échapper de sa bouche lorsqu'il constata que Romain avait atteint une caméra.

*

Romain avait récupéré la carte SD. Assis dans la camionnette, il l'introduisit dans son ordinateur branché sur l'allume-cigare et visionna en accéléré l'enregistrement de la nuit. L'image, figée comme une photographie, évoquait une fin du monde où toute activité avait disparu. Mais, à trois heures trente du matin, le portail automatique glissa sur son rail. Trois hommes le franchirent quelques secondes après. Les deux plus grands, des balèzes armés jusqu'aux dents, s'éloignèrent de l'entrée. La pénombre dissimulait leurs visages, mais Romain les sentit à l'affût du moindre danger. Lorsqu'ils levèrent le pouce, le troisième gars s'écarta pour laisser passer une dizaine de berlines avec des plaques d'immatriculation illisibles. Puis les feux de signalisation s'évanouirent dans la brume, les gardes retournèrent dans la propriété, le portail se referma.

Abasourdi, Romain ne s'attendait pas à voir des types équipés de fusils mitrailleurs. Ces gars-là n'avaient pas l'air de rigoler. Leur demander des renseignements sur Alexandre Gribois reviendrait à se jeter dans la gueule du loup. Et même si, par un hasard extraordinaire, il retrouvait un client, arriverait-il à le menacer pour qu'il l'invite à la prochaine fiesta ? Cette piste n'aboutira jamais, déplora-t-il.

Il plierait bagage après avoir récupéré la caméra.

*

Samuel Liniac devait rassurer les Russes en leur affirmant qu'il était sur le point de récupérer les documents volés par Alexandre Gribois. « Et rappelle-leur que nous pouvons les éliminer à n'importe quel moment s'ils continuent de ramener leurs fraises ! », avait précisé Degay.

Un de ces jours, il s'occuperait d'eux ! avait gardé pour lui Liniac. Lors de sa dernière visite au manoir, il n'avait pas apprécié leurs blagues sur son handicap.

Il tapa sur le toit de la Ford, et Guillaume Macé redémarra. Mais au lieu de sonner au visiophone, une envie pressante de pisser l'emmena de l'autre côté de la route. Il marchait en direction du bois quand une lumière éblouissante émana du haut d'un chêne. Le reflet du soleil sur un bout de verre, pensa-t-il. Mais comme la silice fondue ne grimpait pas aux arbres par capillarité, il dégaina son arme avant d'aller éclaircir ce mystère.

*

Romain s'affairait entre deux branches. Hervier le surveillait en se demandant s'il devait le menotter et récupérer la caméra. Mais que lui apporterait l'examen d'un portail filmé pendant la nuit ? Autant le laisser continuer son périple maintenant qu'un émetteur GPS indiquait sa position.

Il stoppa ses réflexions quand des bruits de pas irréguliers l'alertèrent. Un homme en imperméable gris, coiffé d'un feutre et muni d'un pistolet rallongé d'un silencieux déboucha par la gauche sans le remarquer. Le type s'arrêta à une vingtaine de mètres de l'arbre sur lequel Romain était perché ; il aurait pu flinguer Romain sur le champ, mais resta immobile, comme s'il attendait pour appuyer sur la gâchette qu'il soit redescendu. Pour que la caméra ne s'abîme pas lors d'un choc, estima Hervier.

*

Romain se laissait tomber au sol lorsqu'il entendit une détonation étouffée. Des chasseurs bradaient leur stock de cartouches et il allait recevoir une volée de plombs perdus ! pensa-t-il, en se redressant.

*

Comme chaque agent de la DGSI, Hervier s'entraînait sur les cibles silhouette. Il ne figurait pas parmi les tireurs d'élite, mais obtenait des scores honorables. Durant son passage au Service Action, il avait descendu des types qui attentaient à sa vie. De la légitime défense lors de missions programmées par sa hiérarchie. Mais la situation différait et il avait tardé à intervenir. Il se demanda si ses réflexes et son appréciation des priorités ne s'étaient pas émoussés depuis qu'il dirigeait le *scan*. S'il avait hésité une seconde de plus avant d'appuyer sur la gâchette, Romain Favre serait mort ! se reprocha-t-il.

*

Romain s'apprêtait à rejoindre son campement lorsqu'il entendit une branche se briser. Il tourna la tête et aperçut un individu s'effondrer dans un massif de fougères. Bien que ce soit imprudent, il alla lui porter secours.

Un feutre beige recouvrait la partie supérieure de son visage. Romain se rapprocha et remarqua un pistolet muni d'un silencieux sur le sol, à une dizaine de centimètres de son ventre. Il hésita à déguerpir, mais proposa son aide. Recroquevillé sur le côté, le gars ne réagit pas.

Romain posa un genou sur une motte de mousse, puis il souleva le chapeau du type pour démasquer le reste de sa figure. Ce visage, il l'avait déjà vu. À moins d'imaginer un frère jumeau, l'homme qui fumait une clope en surveillant l'immeuble d'Alexandre gisait devant lui. Le trou qui avait perforé sa tempe droite maculée de sang le rendait moins redoutable et il affichait le sourire serein de ceux qui en avaient fini avec les turpitudes du quotidien. Mais ses yeux grand ouverts exprimaient une menace. Même si elle était symbolique, Romain tressaillit de toutes ses chairs avant de se ressaisir.

Il n'avait jamais touché un mort et porta son regard sur la cime d'un arbre pendant qu'il rabattait les paupières du boiteux. Puis, d'une main fébrile, il s'empara du pistolet et plaqua son corps contre le cadavre. Un rempart de fortune pour empêcher son cœur de s'emballer, une presse de comprimer ses tempes, ses muscles d'accueillir des crampes.

Les conditions n'étaient pas optimales, mais il devait réfléchir sans tergiverser ! Le coup de feu qu'il avait entendu était destiné au boiteux. Mais qui avait tiré ? Un ange gardien ? Ou un démon qui, après avoir éliminé l'élément dangereux, s'amusait des angoisses de sa future proie ?

Sa tête au-dessus des fougères, il effectua un 360 degrés sans voir quiconque. Si le tueur avait reçu l'ordre de l'exécuter, pourquoi s'en était-il abstenu ? Une prise de conscience de l'ineptie de sa mission avait retenu son geste ! répondit une voix intérieure. L'analyse de cette hypothèse farfelue le convainquit de sprinter jusqu'au Jumpy.

Il jeta la caméra et le pistolet sur le siège passager et démarra aussi sec. Les yeux rivés sur les rétroviseurs, il conduisit en gardant à l'esprit l'impérieuse nécessité de s'éloigner du boiteux et de son meurtrier.

*

Hervier avait regardé Romain détaler vers son véhicule. Il aurait pu l'arrêter, mais n'avait pas bougé. Son instinct lui disait que ce jeune homme lui serait plus utile en liberté. D'ailleurs, de quoi pouvait-on l'accuser ? D'avoir égaré son téléphone dans le sac d'une mère de famille avant de renoncer à visiter Stockholm ? De prêter sa société à un ami ? De parcourir l'hexagone à bord d'une camionnette transformée en camping-car ? D'avoir filmé des chauves-souris près d'une route hantée ?

Que faire du cadavre étalé dans le massif de fougères ? s'inquiéta-t-il en le photographiant. Il n'avait pas le temps et le matériel pour un enterrement dans les règles. Il coupa avec son canif une trentaine de frondes et les disposa par-dessus le macchabée. Ce camouflage précipité lui donnerait un peu de marge avant qu'un Russe, un agent de Degay ou un simple quidam ne trouve le corps.

*

Les mains crispées sur le volant, Romain n'arrivait pas à calmer sa respiration. Ces foutus documents avaient causé les assassinats d'Alexandre et de Pierre. Et le boiteux les avait rejoints dans leur ultime demeure !

Obtenir une carte de détective privé se monnayait à coup de faire-part ! En théorie, il s'y était préparé. Mais la réalité lui avait rappelé les risques inconsidérés qu'il avait pris. S'il n'avait tenu qu'à lui, il se serait téléporté sur le champ dans un monde paradisiaque en compagnie de Manon. Des tueurs à gages y seraient-ils envoyés à leurs trousses ? Aurait-il la chance de l'embrasser avant d'être abattu ?

*

Même si Romain avait multiplié les détours, Hervier avait fini par le rattraper. Il roulait quelques centaines de mètres derrière lui, sur une route droite comme un I, et en profita pour téléphoner à Duroux :

— J'ai retrouvé Romain Favre.

— Sans blague ! s'étonna Duroux.

— Il est arrivé à Gièvres avant moi et avait installé une caméra devant le portail du manoir.

— Ce type est incroyable, n'en revenait pas Duroux.

— Mais il a failli y passer et j'ai dû tuer un homme.

— Vous rigolez ?

— Je te raconterai les détails une autre fois. Je vais t'envoyer les photos du macchabée et de la camionnette. Retrouve son propriétaire et vérifie si c'est un complice de Romain. Pour le moment, il roule vers l'Est. On se tient au courant dès qu'on a du nouveau.

— Si votre filature s'éternise, je me débrouillerai pour vous obtenir un arrêt maladie.

— Merci, Étienne, mais ce ne sera pas la peine. J'ai posé un congé.

— Mais vous devez rester joignable pendant vos vacances.

— Je possède un chalet dans les Hautes-Pyrénées. Capter un réseau téléphonique y est impossible et la DRH connaît mon penchant pour les randonnées en solitaire. Ah, il vient de ralentir. Je te rappellerai.

*

En traversant La Ferté-Imbault, Romain réalisa qu'il ne pouvait rouler des jours entiers avec la crainte d'être poursuivi. Il se rangea sur le parvis de l'église, perpendiculairement à la chaussée, laissa le moteur tourner et jeta de brefs coups d'œil à droite à gauche pendant une demi-heure. Il aurait préféré musarder dans le parc de l'imposant château en briques dressé de l'autre côté de la rue, mais la conjoncture s'étant dégradée, il s'adaptait !

Personne ne l'avait suivi. Pourtant, l'envie d'abandonner repointait son nez. Le pouvait-il ? Il en savait trop ! Les copains du boiteux le rechercheraient jusqu'au bout du monde pour le trucider. « Romain, la curiosité est un vilain défaut », proclamerait le sicaire de service avant d'appuyer sur la gâchette !

Il était contraint à continuer, quoi qu'il en coûte. Son seul espoir consistait à retrouver les documents en premier et à dénoncer cette bande de rapaces avant de se faire débusquer.

Après des dizaines de grandes respirations, sa sérénité regagna une partie du terrain perdu. Il se demanda s'il ne devait pas retourner à Gièvres pour enterrer le cadavre, tout au moins le recouvrir de branchages. Le souvenir des gardes en patrouille devant le manoir souffla un vent de panique et l'idée se jeta d'elle-même au rebut.

Il se remit en route, mais les questions s'entrechoquaient dans sa tête. Pourquoi le boiteux avait-il attendu qu'il redescende de l'arbre pour essayer de le flinguer ? Son handicap l'empêchait-il de grimper et donc de récupérer la caméra ? Mais que magouillait-il dans le coin ? Le filait-il depuis Grenoble ? Était-il de mèche avec les gens du domaine ? La personne qui l'avait buté avait-elle suivi ou modifié ses plans ? Pourquoi lui avait-elle sauvé la vie sans se manifester ?

Les réponses jouaient à cache-cache quand son regard croisa la Sony. Elle n'était pas de dernière génération. Il la larguerait dès que possible. Perte financière négligeable, estima-t-il en palpant dans sa poche la carte SD.

Quant au revolver, aurait-il le cran de tirer sur ses agresseurs ? Et comment justifierait-il sa possession si un policier zélé fouillait la camionnette lors d'un contrôle ? Un coup à finir au violon ! jugea-t-il. Il s'en débarrasserait. De toute façon, il serait abattu avant de savoir le manipuler !

Il quitta la départementale et emprunta des routes secondaires. Jusqu'à ce qu'il longe un étang. Il s'arrêta sur le bas-côté, débloqua les serrures à bascule de la mallette, y rangea la caméra et comprima la mousse de protection pour glisser l'arme et le silencieux. Puis il la referma et la jeta au milieu des algues.

En la regardant sombrer, il repensa à Christiane Trudeau. La vieille femme lui avait fourni une ultime chance de retrouver le compagnon d'Alexandre. Il promit d'aller la revoir, s'il s'en sortait. Avec une boîte de marrons glacés.

Une très grosse boîte !

Une dernière bulle d'air remontait à la surface lorsqu'il pointa sa nouvelle destination sur la carte.

29

Assis dans son fauteuil à roulettes, les pieds sur son bureau, les yeux clos, Alain Degay serrait les dents. Quelque chose clochait. Pas de nouvelles de Liniac depuis qu'il s'était rendu au manoir pour calmer les Russes. Certes, ils avaient assumé leur part de boulot en éliminant Alexandre Gribois et Pierre Darvaut. Mais les moyens utilisés dataient de Staline. Des cartouches de gaz et un coup de pare-chocs ! Ils auraient dû suivre le stage de mise à niveau organisé en Haute-Savoie par leurs compatriotes de la GRU ! s'irrita Alain Degay.

Les Russes ! Les Boldaïev, pour être précis.

En mars 1919, Igor et Tatiana Boldaïev, des employés d'une manufacture de caviar installée à Astrakhan, un port aujourd'hui en déclin sur la Volga, assistèrent à une tuerie spectaculaire. Au motif de s'être révolté contre le pouvoir bolchevique, la Tchéka massacra trois mille grévistes qui revendiquaient une augmentation de salaire. Plusieurs centaines d'entre eux, une lourde pierre attachée autour du cou, se noyèrent dans la Volga. Terrorisés par ces exactions et convaincus que les troupes tsaristes étaient condamnées à la déroute, les époux Boldaïev et leur fils Alexis, âgé de douze ans, émigrèrent en France au printemps 1920. Ils s'incrustèrent à proximité de la Gironde pour recommencer ce qu'ils savaient faire le mieux : récupérer, filtrer, saler et emballer les œufs des esturgeons qui remontaient l'estuaire. L'affaire se développa. Igor et Tatiana ne regrettèrent jamais leur exil volontaire.

Alexis Boldaïev éprouva de grosses difficultés avec le maniement de la langue française. Les deux années passées au collège représentèrent un supplice et ses camarades, la plupart issus de la vieille bourgeoisie bordelaise, lui parurent bien fades en comparaison des garnements qu'il avait côtoyés à Astrakhan. Il arrêta les études et seconda Igor et Tatiana. Mais ce travail, long et méticuleux, le barbait. Il désirait dépenser sans compter et emménagea à Paris le lendemain de ses vingt et un ans. Incapable d'obéir à un patron, doté d'un physique de videur et d'un tempérament coléreux, il tenta de se faire une place au soleil en accumulant les petits larcins. Puis les vols à main armée. En 1938, l'attaque d'un convoi de fonds tourna à la fusillade. Blessé, il ne put s'échapper et fut condamné à vingt-cinq ans de captivité. La fin du conflit lui offrit l'occasion d'obtenir une remise de peine, il se porta volontaire pour rejoindre les trois mille jeunes prisonniers allemands qui déminaient au péril de leur vie le territoire français. Libéré en 1948, il vivota au gré des cicatrices, jusqu'au décès de ses parents. Il revendit leur entreprise une belle somme, et commençait à la dilapider lorsqu'il assista à un spectacle donné à Châlette-sur-Loing par une troupe de cosaques Zaporogues. Il s'enticha d'une danseuse d'origine ukrainienne qui s'imaginait en mère maquerelle tout en chantant des berceuses à ses futurs bébés. Ces activités requérant un minimum de chambres, il acheta le manoir en 1951 et l'aménagea en lupanar. Des circonstances troubles – personne n'avait réussi à lui tirer les vers du nez – l'amenèrent à retourner à Rives. Quand il était enfant, il y avait séjourné avec ses parents afin de visiter la chapelle du château de l'Orgère, un lieu de pèlerinage pour les immigrés russes. Il y avait débauché des filles désireuses de quitter une Savoie moins hospitalière envers la communauté qu'entre les deux guerres. S'exprimer dans sa langue maternelle s'avéra un atout. Pourvu d'un sens moral aléatoire, il les embobinait avec quelques répliques romantiques piochées dans Eugène Onéguine, le seul bouquin qu'il ait jamais parcouru !

Frêle et timide, Anton Boldaïev, le rejeton d'Alexis, compensait son apparence par une agilité et une ouverture d'esprit sans commune mesure avec celle de ses parents. Avec lui, on pouvait discuter avant de sortir l'artillerie ! Anton réalisa que les soirées durant lesquelles les notables du coin s'offraient une partie de jambes en l'air conduiraient sa famille au cachot. Son père, bagarreur et porté sur la boisson, finirait par froisser quelqu'un. Il devait le convaincre d'arrêter l'abattage. Tout au moins de lever le pied et de se diversifier. Anton désirait aménager le parc et les dépendances de façon à accueillir des séminaires d'entreprises. Terminé les poulets, les cochons, les vaches et autres délires de son vieux qui s'imaginait en éleveur modèle. Alexis valida son initiative, mais ne voulut rien entendre quant aux prostituées. Il avait des besoins à assouvir et appréciait ces beuveries préliminaires qui rythmaient son existence depuis le décès de sa femme. Le premier janvier 1992, après un réveillon chargé, les méfaits d'Alexis Boldaïev se conjuguèrent au passé, comme ceux de l'Union soviétique la semaine précédente. Seul aux commandes, Anton convoqua le type qui assurait le transfert des filles et lui demanda de les recruter désormais en Russie. Et quitte à persévérer dans le proxénétisme, autant en conserver des traces protectrices en installant des caméras dans chaque recoin du sous-sol, la fameuse chambre noire. Avoir rencontré Anton avait permis à Alain Degay de gravir les échelons en brûlant les étapes. Grâce à lui, il détenait de quoi faire chanter le gratin national. Devenir le plus jeune commissaire général de l'histoire de la police, il le lui devait.

Après le décès d'Anton, hémorragie cérébrale foudroyante, sa fille Catherine et son mari Oleg Bounine lui succédèrent. Oleg n'était pas ce que l'on pouvait appeler une flèche, mais il supervisait déjà la sécurité sous Anton et savait fidéliser ses hommes. Vers la fin de sa vie, Alexis Boldaïev leur avait monté le bourrichon avec l'assassinat qu'il avait perpétré sur un ancien colonel de l'armée blanche et un sympathisant à la cause tsariste. Depuis, Catherine et Oleg se prenaient pour des agents du FSB alors qu'ils ne s'étaient jamais sali les mains avant de découvrir qu'Alexandre Gribois avait copié les fichiers de la chambre noire. Paniqués, ils avaient joint Alain Degay. Ils l'avaient de nombreuses fois vu discuter avec Anton et le considéraient comme un ami de la famille. Ce n'était pas réciproque ! Le commissaire général n'avait aucune estime pour ce couple de maffieux sans envergure. Il les avait mis néanmoins sur la piste d'Alexandre, puis de Pierre Darvaut. Son ascension, Alain Degay la devait également à Alexandre. Il l'avait repéré pendant qu'il se donnait en spectacle au manoir. Alexandre flirtait avec la dépression, à cette époque. Pour chasser ses pensées morbides, il abusait de la cocaïne. Degay l'avait coincé après la représentation et l'avait menacé d'un long séjour en taule s'il refusait de coopérer. Alexandre savait ce qu'impliquait la promiscuité d'un type dans son genre avec des prisonniers en manque de rapports sexuels. Son intégrité physique ne pouvant y survivre, il avait cédé aux pressions d'Alain Degay.

Discrets comme un troupeau d'éléphants, les Russes avaient réveillé les fouineurs, tel ce Jean Libéret qui avait attiré l'attention du commandant Hervier avec son article à la noix ! reprocha Degay.

Hervier ! Quelle mouche l'avait piqué de vouloir consulter le dossier d'Alexandre ? Ce type était bizarre, le premier à sortir d'une tranchée sous le feu de l'ennemi. Et il menait son enquête comme si le sort de l'humanité en dépendait. Heureusement, les gendarmes de Saint-Soupplets n'étaient pas des vedettes !

Qu'était-il allé glander chez le commissaire Gallinot ? se demanda Degay. Cet empêcheur de tourner en rond avait une vieille dent en réserve contre lui. Collaborait-il avec Hervier ? Avait-il embarqué avant son pot de départ suffisamment de preuves pour le faire tomber ? Non ! était convaincu Degay. Sinon il ne se serait pas privé de saisir les affaires internes. Pour le moment, ces deux Spartiates n'avaient pas récupéré les documents d'Alexandre. Mais s'ils devenaient intrusifs, il donnerait l'ordre de les éliminer. Tous les deux ! Liniac n'avait jamais reçu le prix de subtilité, mais les Russes étaient capables d'utiliser des Zeppelins. Liniac s'en chargerait !

Mais où se cachait-il ?

Guillaume Macé avait monté les escaliers en courant, mais il se retrouva au garde-à-vous devant le commissaire général sans l'ombre d'un essoufflement.

Ce simple d'esprit doté d'un excédent de muscles se prenait pour Rambo ! le toisa Degay d'un regard méprisant.

— Que s'est-il passé avec Liniac ?

En toute logique, l'adjudant l'aurait emporté dès le début du premier round s'ils avaient combattu sur un ring. Mais le calme apparent et les yeux d'aigle du commissaire présageaient une fin moins convenue.

Macé se racla la gorge. Il tentait de s'éclaircir la voix et de gagner du temps pour rétablir dans sa tête de linotte la chronologie des faits.

— Je l'ai déposé à huit heures trente précises devant le porche d'une propriété du côté de Gièvres, une petite ville en Sologne. Le capitaine m'a demandé de le récupérer à dix heures, mais il ne s'est pas présenté au rendez-vous et je suis revenu ici.

— Vous êtes reparti sans même vous renseigner ! Comment peut-on engendrer un crétin pareil ?

Macé maîtrisait la gestion du stress sous le feu de l'ennemi. Cinq grandes respirations plus tard, il retrouva un rythme cardiaque à la hauteur des attentes du patron :

— J'ai sonné, mais un type avec un drôle d'accent m'a affirmé ne pas l'avoir vu. Quand je lui ai proposé de vérifier auprès de ses potes, il m'a répondu qu'il connaissait Liniac et qu'il avait contrôlé en personne toutes les allées et venues depuis six heures du matin.

Décidément, ça ne collait pas. Les Russes s'étaient-ils débarrassés de lui ? Mais pour quelle raison ? se demanda Degay, oubliant la présence de l'adjudant.

— Au lieu d'entrer dans la propriété, le capitaine Liniac s'est dirigé de l'autre côté, ajouta Macé.

— Pardon ! refit surface Degay.

— Après être sorti de la voiture, il a tapé sur le toit, un signe pour me dire d'y aller. J'ai démarré, mais dans mon rétroviseur, je l'ai vu traverser la route et pénétrer dans la forêt.

30

Hervier doublait un camion quand son téléphone sonna.
— Vous en êtes où, commandant ?
— On vient de dépasser Argent sur Souldre.
— Connais pas !
— Jusqu'à aujourd'hui, moi non plus. Étienne, qu'irais-tu faire dans un étang ?
— Me baigner !
— Mais si le fond vaseux te dégoûte ?
— J'encouragerai Romain à y jeter le pistolet. L'homme qui s'en est servi travaille chez nous. Il s'appelle Samuel Liniac, surnommé le boiteux !
— L'adjudant Macé m'a parlé de ce gars. Ils planquaient tous les deux devant l'immeuble d'Alexandre Gribois.
— Je ne sais pas pour qui, mais l'étau se resserre, commandant. Sinon, la camionnette préférée de notre espion international appartient à Frédéric Laporte. Ce type avait mis son véhicule en vente parce qu'il était fauché. Je lui ai montré une photo de Romain, et il l'a reconnu. Romain lui a donné deux mille euros pour l'emprunter quelques semaines et il a accepté.
— Ainsi, il peut rouler avec des papiers en règle sans avoir à déclarer un changement de propriétaire à la préfecture ou s'adresser à une agence de location. Ce gars m'impressionne.
— Mais il est dans votre champ de vision.
— Espérons qu'il y reste !

Châlette-sur-Loing

La cité ne brillait pas par son urbanisme. Pourtant Romain y jouerait sa dernière carte. S'il ne découvrait pas dans les prochaines heures le nom du compagnon d'Alexandre Gribois, il passerait le restant de ses jours dans la clandestinité. Avec de faux papiers et un nouveau visage ! Il frémit à l'idée d'une chirurgie esthétique. Même s'il n'aimait pas son nez légèrement écrasé, il s'y était habitué. Serait-ce le prix à payer pour entrer dans l'anonymat ?

Il pénétra dans la salle du Café des Sports. Jusqu'à présent, ce genre d'établissements lui avait porté chance. Il rejoignit le comptoir et s'assit sur un tabouret.

Des lycéens se relayaient autour d'un baby-foot. Sa bedaine enserrée dans un tablier de cuisine plastifié, le patron leur fit baisser le ton d'une voix rauque avant de prendre la commande de Romain, un calva qu'il but d'un trait. Il recommença avec un deuxième. Lorsqu'il pointa son verre de nouveau vide, le type lui demanda s'il se sentait bien. Il répondit qu'il venait d'éviter un accident et qu'il avait ressenti la trouille de sa vie.

— Celui-ci est pour moi, invita le patron en le remplissant à ras bord. Vous êtes à Châlette pour le boulot ?

— L'entreprise pour laquelle je travaille va y délocaliser son bureau d'études. Je parcours les alentours en visitant les maisons à vendre et m'informe sur les activités dédiées aux enfants. Ma fille pratique la musique et la danse.

— Châlette est une cité dortoir. Nous, on se déplace à Montargis.

— J'ai pourtant aperçu des affiches de spectacles folkloriques.

— Ah, les Ukrainiens ! J'ignore s'ils donnent des cours à des mômes. Mais allez à Saint-André, vous y trouverez bien une bigote pour vous renseigner !

Romain aurait pu la longer des dizaines de fois sans la voir. L'Église orthodoxe se dissimulait dans un pavillon de banlieue protégé des regards par une haie de thuyas. Aucune indication à l'extérieur. Un clocher surmontait le faîte du toit, mais on ne le remarquait qu'en levant les yeux au ciel !

Dérangée par le bruit de ses pas, une vieille femme vêtue de noir, une mantille drapée sur sa tête, stoppa ses prières. Elle venait se recueillir tous les jours, depuis le décès de son mari. Lorsqu'elle l'interrogea sur le but de sa visite, Romain lui prodigua ses sincères condoléances.

Il quitta les lieux avec l'adresse des *Arts Zaporogues*.

Il pénétra dans le hall d'un immeuble de deux étages. Il allait frapper à la porte de l'association quand elle s'ouvrit. Un septuagénaire en tongs, bermuda et tee-shirt gris sortit du local sur un vélo électrique.

Romain lui demanda s'il travaillait là :

— Pour de la documentation, reviens demain ! répondit l'homme en fermant le verrou.

Romain retira de son portefeuille son dernier joker :

— Je dois retrouver ce lieu, tenta-t-il.

Le type examina la photo, puis son regard se fixa sur le visage de Romain, fouillant une longue minute ce qui pouvait se cacher derrière.

— Comment se nomme le collectionneur de cartes postales ?

— Romain Favre !

— Que fais-tu dans la vie, Romain, à part me retarder ?

— Je sécurise les réseaux numériques.

— La paye est correcte ?

— Je ne me plains pas !

— J'imagine que tu es célibataire ! Parce que mon petit-fils et toi partagez une dégaine et un ton de voix à désenflammer les demoiselles ! Lui aussi travaille dans l'informatique. Lorsqu'il essaie de m'expliquer le fonctionnement d'un ordinateur, je n'y comprends rien ! Arrêtons de raconter des bêtises, dit-il se dirigeant vers la sortie.

Il extirpa un chapeau de paille d'une sacoche accrochée au porte-bagage, s'en coiffa et appuya sur le bouton de la porte de l'immeuble :

— Tiens-la… Et suis-moi ! l'invita-t-il en enfourchant son deux-roues.

Romain roulait quelques mètres derrière lui. Le type zigzaguait sur son engin. Il le trouva âgé pour ce genre d'excentricité, mais sourit en le voyant tendre ses bras à l'horizontale, comme un gamin s'imaginant piloter un avion. Papy avait gardé la forme !

Le numéro d'équilibriste prit fin devant le portail d'une maison en meulière. Le bonhomme utilisa une télécommande. Les deux battants s'écartèrent et il signala à Romain de se garer dans la cour.

L'entrée donnait dans la cuisine. Papy suspendit son couvre-chef à un porte-manteau, puis il proposa à Romain de s'asseoir sur l'une des quatre chaises disposées autour d'une table en fer.

— Tu recenses les salles de spectacles ! dit-il en apportant une bouteille de vin et deux verres.

Romain souhaitait cacher certains détails de ses dernières péripéties tout en évitant de lui balancer des sornettes. Ses yeux verts auraient tôt fait de détecter une dissimulation ! Il se contenta du minimum : il recherchait des documents importants, une question de vie ou de mort !

— Quand on est jeune, tout est noir ou blanc. Tu t'apercevras avec l'âge que la grande majorité de nos actes tend vers le gris ! Mais arrêtons les proverbes. J'ai préparé des farcis et n'aime pas parler le ventre creux ! Ça te dirait de dîner avec moi ? Au fait, tu peux m'appeler Mykola.

Deux bouteilles de Gamay hydratèrent les tomates, les courgettes et les poivrons. Romain lâcha prise. Il raconta le deuil de ses vieux, toujours d'actualité, la perte de son ami Pierre, la rencontre avec Manon…, ses craintes de souffrir si elle l'envoyait paître !

Ils passèrent au salon et Mykola le relaya :

— Mes grands-parents maternels habitaient Minsk. Après la débâcle de l'armée blanche, ils se sont enfuis et ont circulé dans toute l'Europe avant de s'installer à Châlette. Ma mère est née ici !

— J'ai lu un livre sur l'arrivée des Russes à Rives. Ils ont travaillé pour une usine de papier dans des conditions misérables, réprouva Romain.

— Le même scénario s'est reproduit dans plusieurs régions de France, compléta Mykola. Les industries manquaient de main-d'œuvre, après la guerre. Dans le coin, c'est Hutchinson qui recrutait. La femme du directeur de l'époque a fait venir deux mille Russes et Ukrainiens entre 1921 et 1926. Elle côtoyait beaucoup de monde de la haute société russe, dont l'épouse du général Miller. Mais j'imagine que ces vieilles histoires t'ennuient.

— Miller a succédé à Koutiepov à la tête de l'Union des combattants russes créée par le général Wrangel. Ainsi qu'à celle de l'état-major des militaires blancs exilés en France. La Guépéou les a éliminés tous les deux.

— Un jeune qui se passionne pour ces évènements, ça mérite un digestif !

Mykola rapporta un Bas-Armagnac hors d'âge et demanda :

— Cette photo date de la fin des années cinquante. Comment te l'es-tu procurée ?

— Une vieille dame me l'a confiée. Sa sœur avait engagé un détective privé pour suivre Vladimir Fedowsky, le type au troisième rang avec la tête encerclée au crayon. En Sologne, Vladimir a pénétré dans la propriété d'Alexis Boldaïev, un proxénète en relation avec des espions soviétiques.

Chacun dans sa voiture, les deux hommes sont venus applaudir des danseurs à Châlette. Dès la fin de la représentation, Vladimir est rentré sur Lyon ! Je n'ai rien contre les spectacles folkloriques, mais ça fait un sacré détour !

— Tu sais, les agents du KGB ou de la GRU qui ont essayé d'infiltrer les communautés d'exilés, comme l'étaient les cosaques Zaporogues, j'en entendais déjà parler dans le ventre de ma mère. Tes gars avaient probablement rendez-vous avec les espions en question.

— Une hypothèse comme une autre ! émit Romain, sans être convaincu. Connaissez-vous Alexandre Gribois ?

Les traits de Mykola exprimèrent sa perplexité.

— Il se faisait appeler Sacha quand il montait sur scène, ajouta Romain.

Le regard de Mykola s'éclaira :

— Le copain russe de pattes grises !

— Vous parlez d'un animal de compagnie ?

— On surnommait ainsi Petro Sivolap. Sivolap signifie *pattes grises* en ukrainien. À l'époque, la troupe honorait une cinquantaine d'engagements par an, dans toute l'Europe. Je gérais les déplacements, les repas, l'hébergement. Tu imagines le travail avec vingt danseurs, dix musiciens et le staff technique ? Forcément, certains étaient indisponibles. On manquait de remplaçants quand Petro a ramené Sacha, à la fin des années quatre-vingt. Ils ont habité un an dans le coin. Depuis leur départ, silence radio. J'ai cependant reçu un petit mot de Petro, il y a une dizaine d'années. Tu peux aller le chercher, dit Mykola en lui indiquant la cheminée.

Romain examina les cartes postales punaisées sur la poutre sans oser les décrocher.

— Celle avec une superbe fille sur une plage de rêve, sourit Mykola.

Romain apprécia les formes de la starlette, mais ne comprit rien à ce qui était écrit au verso.

— C'est de l'ukrainien, précisa Mykola.

Romain allait la lui remettre afin qu'il la traduise, mais Mykola en connaissait le texte par cœur.

— Petro regrette l'époque où il se produisait avec nous, mais il continue de danser et participe tous les ans à la Gay Pride de São Paulo. D'après lui, l'une des plus sympas. Il a trouvé une maison dans un endroit isolé et peut enfin vivre comme il l'entend. Il embrasse la communauté. Et basta !

Romain regarda le timbre. Tamponné le 13 novembre 2005 à Nazaré Paulista.

— Je peux utiliser le wifi de votre box ?

Mykola acquiesça et Romain installa son ordinateur sur la table de la cuisine.

D'après Google, Nazaré Paulista se situait à soixante-six kilomètres au nord de São Paulo.

Mykola prit place à côté de Romain :

— Petro habite ce village ?

— Je ne sais pas. Mais la carte vient de là.

— Tu comptes y aller ?

— Je n'ai pas vraiment le choix, répondit Romain.

— En attendant, tu peux dormir ici.

Mykola l'amena au premier étage. Il lui montra la salle de bain et une chambre disponible.

— J'ai changé les draps ! Tu lanceras ton linge sale en bas de l'escalier. Je m'en occuperai avant d'aller me coucher. Bonne nuit.

Mykola dégageait une vraie empathie, apprécia Romain. Après une douche bienvenue, il s'allongea sur le lit et envoya deux messages.

32

Le téléphone d'Hervier vibra à sept heures dix. La balise GPS placée sous le Jumpy avait détecté un mouvement. Les yeux mi-clos, le commandant aperçut la camionnette s'éloigner.

La veille, sa Volvo garée à une centaine de mètres du pavillon de Mykola, Hervier s'était aventuré près de la fenêtre de la cuisine et avait observé les deux gars manger. Il avait failli se faire repérer quand Romain était allé chercher son ordinateur dans le Jumpy. Vers une heure du matin, les lumières s'étaient éteintes.

Romain avait dormi chez ce gars, alors qu'il avait passé la nuit dans sa voiture ! râla Hervier. Même en abaissant les dossiers des sièges avant, il avait gigoté dans tous les sens sans adopter une position confortable.

Il sortit de la Volvo, éprouva des courbatures, des pincements, des gargouillis douloureux dans ses intestins. Pas la peine de tourner autour du pot : il n'encaissait plus ce type de mission.

Après quelques étirements sur le trottoir, il sonna à la porte du pavillon. Il présenta sa carte de flic et Mykola, de joyeuse humeur, l'invita à s'asseoir dans la cuisine.

— Tant que mon estomac est vide, je n'arrive pas à aligner trois mots, dit Mykola en se mettant à beurrer des toasts. Servez-vous, si ça vous tente. Les bols et les couverts sont dans le placard à côté du frigo.

Partager un petit-déjeuner avec un homme suspecté de complicité était contraire au protocole, mais l'odeur de café et de pain grillé lui titilla les narines. Ils s'alimentèrent en silence, et Hervier demanda à Mykola de conter sa soirée avec Romain.

En fin d'après-midi, ce jeune homme s'était présenté au siège social de l'association, rapporta Mykola. Il souhaitait écrire un article sur l'immigration ukrainienne entre les deux guerres mondiales et recueillait des témoignages sur cette période. Il l'avait trouvé instruit et sympathique, et comme ce sujet les passionnait, il l'avait invité à dîner. Ils avaient causé des difficultés rencontrées par les membres de la communauté lors de leur arrivée à Châlette-sur-Loing..., avaient évoqué la création des ballets cosaques Zaporogues... Cela les avait amenés à discuter jusqu'à tard et il lui avait proposé de dormir dans la chambre d'amis.

Quand Hervier le questionna sur Alexandre Gribois, Mykola certifia qu'il entendait ce nom pour la première fois. Pourtant, des Russes et des Ukrainiens il en avait vu défiler à Châlette ! Il ignorait si cet individu avait un compagnon et si Romain tenterait de le rejoindre en Amérique du Sud. Mais si ces informations étaient décisives, il se mettrait en quatre pour les obtenir et les transférerait aux autorités compétentes !

Ce bonhomme avait l'art d'enrober ses salades avec des paillettes ! ronchonna Hervier en démarrant.

Duroux appela vers dix-huit heures :
— Alors, ces vacances à Châlette-sur-Loing ?
— Romain a roupillé chez un type qui m'a gavé d'anecdotes historiques. Je te passe les enlèvements de généraux tsaristes, l'ambassadrice qui fréquente untel qui lui a présenté le directeur de l'usine Hutchinson. Un calvaire ! Cela dit, vérifie l'identité des membres d'une ancienne troupe de danseurs Zaporogues ?
— Je m'en charge. Ce matin, j'ai parcouru le CV d'Alain Degay. Après l'école de police, savez-vous où il a atterri ?... À Romorantin !
— Et donc ?
— Treize kilomètres séparent Romorantin de Gièvres. À mon avis, il y a rencontré Anton Boldaïev et ils ont commencé une collaboration du genre « Je te laisse organiser tes partouzes si tu me refiles du fric et une copie des vidéos ! » Après sa mutation aux Renseignements Généraux, Degay

s'est servi de l'endroit pour piéger des gens, comme le type du ministère. On avance, commandant ! Où êtes-vous, maintenant ?

— À Perpignan. Romain est entré dans le parking d'un hôtel.

— Vous avez une idée de ce qu'il est venu y faire ?

— Aucune.

— Vous devriez réserver une piaule et dormir dans un vrai lit !

33

Romain régla la nuitée et remit une enveloppe à l'hôtesse. Il serait déjà parti quand un collègue passerait la récupérer. Il lui demanda ensuite l'adresse du meilleur restaurant dans les environs. Elle dessina un itinéraire sur un post-it et ajouta le code de l'interphone, au cas où il rentrerait après vingt-deux heures.

Il arpenta le centre-ville, donna plusieurs coups de fil, hésita avant de pénétrer dans une librairie et dîna à la Galinette, le seul étoilé de Perpignan. L'hôtesse avait prodigué un bon conseil, il ne regretta pas de laisser cent euros sur la table.

Comme un touriste après un copieux repas, il s'en alla flâner sur les rives de La Têt et fuma une cigarette en contemplant les reflets de la lune sur le fleuve.

Il fit demi-tour pour se retrouver en haut du boulevard Wilson à vingt-et-une heures vingt-cinq. Il jeta un bref coup d'œil aux affiches des films proposés dans les huit salles du Castillet et prit un ticket pour *Le réveil de la force*, le dernier Star Wars. Dès le lancement des publicités, il se dirigea vers les toilettes et emprunta la sortie de secours. Elle débouchait sur une rue parallèle au boulevard. Il grimpa dans le taxi stationné devant la porte et donna six cents euros au chauffeur.

34

Hervier était rompu de fatigue. Romain l'avait trimballé dans tout Perpignan. Avec des pauses à rallonge devant une librairie, un restaurant, un cinéma. Dès que cette enquête serait terminée, il irait courir tous les jours ! Promis, juré !

La pression atteint des sommets à la fin de la séance. Romain ne figurait pas parmi les spectateurs quittant les lieux. Après avoir éteint les lumières, le projectionniste ferma l'établissement et Hervier insinua qu'il restait quelqu'un à l'intérieur. Le type répondit qu'en trente ans de carrière il n'avait jamais enfermé personne ! Devant son désarroi, il évoqua la sortie de secours située à l'arrière du bâtiment. Son *ami* l'avait peut-être franchie pour quitter la salle !

Hervier appela Duroux :

— Je l'ai perdu de vue !

— Vous bilez pas, commandant, il finira par retourner à l'hôtel. Le GPS vous préviendra s'il utilise la camionnette. Si j'étais vous, j'irais dormir.

35

Manon ne tenait pas en place. Le salon avait beau recouvrir une superficie conséquente, elle se sentait comme dans la cour d'une prison à force d'en faire le tour pour la énième fois. Même si, de premier abord, Romain ne correspondait pas à ses critères physiques et dégageait une timidité maladive, il arborait une personnalité à l'opposé des machos qui l'importunaient de leurs blagues balourdes en croyant la séduire.

Elle n'était pas amoureuse, mais le trouvait attachant et s'était inquiétée de ne pas recevoir de ses nouvelles pendant des jours. Pourquoi s'était-il introduit dans son monde en risquant sa vie pour la protéger d'un danger qu'elle ne percevait pas ? Quelle mouche l'avait piqué pour qu'il se lance dans cette recherche de la vérité à propos d'Alexandre et de son ami Pierre ?

Si on ne possède pas la carrure d'un redresseur de torts, on reste chez soi et on laisse les autres vaquer à leurs affaires ! N'empêche, quand elle avait lu son texto, elle avait bouclé sa valise sans temporiser. Pourvu qu'il soit sain et sauf ! pria-t-elle en regardant l'heure qui tournait comme un métronome.

Le chauffeur de taxi largua Romain devant le Grand Hotel Central de Barcelone à minuit dix. Il se présenta à l'accueil et le réceptionniste mentionna la suite numéro trois.

— J'ai cru qu'ils t'avaient arrêté. Ou pire, dit Manon en lui ouvrant la porte. Ne reste pas sur le palier. Entre.

— Ces derniers temps, j'ai un peu de mal à respecter les horaires, s'excusa Romain en posant son sac à dos sur la table à manger.

Il récupéra dans la poche ventrale le livre qu'il avait acheté à Perpignan et l'offrit à Manon. Elle regarda la couverture :

— J'ai lu une histoire de cet auteur. Les personnages décident de traverser l'Europe en bus avant de se suicider !

— *La Forêt des renards pendus* se passe en Laponie. Humour et dépaysement garantis.

— C'est gentil. Merci. Viens, je te montre ta chambre.

Les choses étaient claires. Qu'elle ait fait semblant ou pas d'apprécier Arto Paasilinna, ils dormiraient dans des pièces différentes !

Les problèmes de literie réglés, Manon proposa de monter sur le toit-terrasse. Ils jetèrent un œil à la Cathédrale Sainte-Croix illuminée par des projecteurs, et elle l'entraîna devant la piscine à débordement du cinq étoiles.

Elle retira sa robe :

— J'ai besoin de me détendre avant de me coucher.

Vêtue d'un maillot de bain rouge, elle grimpa sur le plongeoir.

Admiratif, Romain la regarda enchaîner avec grâce papillon et dos crawlé. Cette fille nageait comme un dauphin, s'était adonnée au bowling avec un expert, possédait une ceinture noire de judo ! Jouait-elle au tennis, pratiquait-elle l'équitation, avait-elle gravi l'Everest ? se demandait-il quand elle sortit de l'eau.

— Le bar est ouvert, dit-elle en récupérant sa robe. Tu nous commandes un cocktail pendant que je me change.

Elle se dirigea vers une cabine et le rejoignit quelques minutes plus tard.

— Tu es une vraie sirène ! dit Romain, inquiet de voir si le compliment porterait ses fruits.

Elle lui sourit en posant sa main sur son bras.

Avait-il obtenu le troisième chiffre ?

Elle tâta ses biceps :

— Tu aurais intérêt à faire du sport !

Elle doit déjà modifier le code, soupira Romain.

— Installons-nous sur les transats ! dit-elle en s'emparant de son verre.

Elle exigea un compte-rendu de ses activités après son départ de Belfort. Il raconta sa visite au lycée Champollion ; celle à l'association *IséRuss* ; les propos d'un supporter de foot dans un restaurant portugais ; comment il avait récupéré un exemplaire du *Temps des Russes* ; ce qu'il avait appris en consultant les lettres contenues dans les archives de Catherine Trudeau. Et enchaîna avec sa virée à Gièvres. Manon se moqua de lui quand il mentionna la galère pour accrocher la caméra en haut de l'arbre. Mais son visage se rembrunit lorsque le boiteux s'était retrouvé avec une balle dans le crâne.

— Tu sais qui a tiré ?

— Un flic. Ou une ancienne relation de ton père, répondit Romain.

— Peu importe puisque tu as l'adresse de son compagnon. Regarde...

Elle sortit une enveloppe de son sac et l'agita devant les yeux de Romain.

—... j'ai réservé les billets. On va voyager en première !

— Entre cet hôtel et l'avion, tu as dû te ruiner. On va partager. Je te dois combien ?

— Mon boulot me procure des avantages. Disons que je t'en fais profiter ! conclut Manon avec un sourire vaste comme l'océan qu'ils allaient traverser.

36

Le GPS réveilla Hervier à neuf heures trente. Étienne Duroux avait eu raison de l'inciter à prendre une chambre. Récupérer après ces deux nuits blanchâtres, ces kilomètres en voiture et ces heures de piétinement l'avait remis d'attaque.

Il passa sous la douche et descendit à l'accueil. Une femme de ménage lui indiqua de mauvaise grâce la salle à manger. Dans dix minutes, elle débarrasserait.

Il avala un bol de café au lait, remplit ses poches de petits croissants et de brioches, et rejoignit le parking. Lui aussi appréciait les viennoiseries !

Il rattrapa la camionnette de Romain aux alentours de Narbonne. Depuis, il maintenait une distance respectable entre leurs véhicules. Et se triturait les méninges ! Que signifiait cette virée à Perpignan ? Romain avait demandé un paquet cadeau pour le livre qu'il avait acheté. Avait-il prévu un repas en amoureux dans ce restaurant étoilé ? La princesse lui avait-elle posé un lapin ? Mais il n'avait pas l'air traumatisé durant sa balade avant le cinéma ! L'obscurité de la salle lui aurait-elle provoqué un malaise l'obligeant à utiliser la sortie de secours ? Et pour quelle raison prenait-il l'autoroute alors qu'il avait jusqu'à présent emprunté des voies secondaires pour éviter d'apparaître sur les vidéos ?

Coup de fil de Duroux :
— Ça avance, commandant ?
— On vient de passer la porte de Châtillon. Depuis qu'il a failli se faire abattre par Samuel Liniac, il a compris qu'il n'était pas de taille et rentre se calfeutrer dans sa tanière !
— Vous pensez qu'il aurait effectué mille cinq cents kilomètres pour acheter un bouquin, dîner au resto et se faire un cinoche, s'il paniquait ?
— Je ne sais pas, Étienne ! Les ballets Zaporogues, tu t'en es occupé ?

— En farfouillant dans leur site, je suis tombé sur une vieille affiche. Deux gars déguisés en cosaques se tiennent par la taille, leurs jambes levées à la même hauteur. Sur un bandeau, on peut lire : *Sacha et Valerio, salle des fêtes de Châlette-sur-Loing*. L'un des visages est la copie conforme de celui d'Alexandre Gribois. Je me suis renseigné sur le deuxième personnage. D'après un ancien danseur de la troupe, il s'appelle Petro Sepulva et aurait déménagé au Brésil, il y a une vingtaine d'années. Romain est venu à Châlette glaner l'adresse de ce type et il s'apprête à le retrouver. Si j'étais lui, je décollerais ce soir de Roissy par le vol d'Air France en partance pour Rio de Janeiro. Vous arpentez toujours le boulevard périphérique ?

— On a rejoint l'autoroute A3. Tu as raison, il roule en direction de Roissy. Avec les accès différents pour chaque terminal, je risque de le perdre. Je vais le coincer avant l'aéroport.

— Venir à la boutique est une mauvaise idée et les Russes ou les gars de Degay doivent surveiller son appartement à Arcueil. Vous pensez l'interroger sur le bord de la route ?

— Je l'amènerai chez moi. Localise ce Petro Sepulva !

Frédéric Laporte se trémoussait sur son siège en chantonnant *Good Vibrations* en compagnie des Beach Boys. Il pouvait se réjouir, le Frédéric : Romain Favre l'avait sorti de la mouise en lui refilant deux mille euros pour emprunter sa camionnette. Grâce à cette entrée d'argent, il s'était procuré un autre box et avait reconstitué son stock sans attendre le dédommagement de l'assurance. Ce que ce gars manigançait, c'était pas ses oignons ! D'ailleurs, le lieutenant de police qui s'était invité chez lui n'avait rien trouvé à redire quand il lui avait expliqué pour quelles raisons il avait bondi sur la proposition de Romain. Et ses dernières instructions comportaient une prime !

Frédéric jubilait au volant du Jumpy, mais une Volvo parée d'un gyrophare l'obligea à s'engager sur la bande d'arrêt d'urgence.

Fini de rigoler, mon petit Romain ! marmonna Hervier entre ses dents, tel un tigre sur le point de capturer sa proie. Sa carte de la DGSI dans la main gauche, son pistolet dans la droite, il somma le conducteur de descendre de son véhicule.

Frédéric s'exécuta et Hervier découvrit son visage à la lumière d'un réverbère.

« Merde ! Merde ! Et merde ! » s'exclama le commandant, sans vider son chargeur dans le buste du jeune homme afin de se soulager. Clémence l'avait prévenu, mais se faire rouler dans la farine par une sorte d'apprenti stagiaire, il l'avait mauvaise !

Il ordonna au type de déballer la vérité sur le champ :

— Complicité dans une affaire de terrorisme impliquant la sécurité de l'état, vous allez en prendre pour trente ans !

Frédéric Laporte était bien le propriétaire de la voiture. Avant-hier, Romain lui avait envoyé un SMS : il devait venir récupérer la camionnette, garée dans le parking d'un hôtel, à Perpignan. Une enveloppe l'attendait à l'accueil. Elle contenait les papiers et les clés du Jumpy, ainsi qu'un bonus de mille euros pour les frais et les désagréments de cet imprévu de dernière minute.

Pour une somme pareille, il avait accepté dans la seconde ! Il était remonté sur Paris de façon à se trouver à Roissy vers vingt-deux heures. Il devait rester une trentaine de minutes dans l'aéroport avant de rentrer chez lui.

— Le SMS de Romain, vous l'avez reçu sur votre appareil ? s'enquit Hervier.

— Il m'avait donné un vieux Nokia. Après lui avoir confirmé mon départ pour Perpignan, je l'ai jeté dans une poubelle, comme il me l'avait demandé. Je ne voyais pas l'intérêt de garder cette antiquité !

Hervier hurlait contre la terre entière dans le micro de son téléphone. Il pétait un câble, pensa Duroux en l'invitant à passer chez lui.

Il débouchait sa meilleure bouteille de vin blanc quand retentit la sonnette.

— C'est impossible d'être aussi con ! répétait Hervier en piétinant le paillasson.

Son disque dur était rayé, mais Duroux s'occupa de la réparation :

— Entrez, commandant ! Je vous sers un premier cru de 86. Ça va vous calmer !... Qu'avez-vous fait de l'autre zigue ?

— Je l'ai laissé partir en le menaçant de finir dans un cachot opaque s'il racontait quoi que ce soit, râla Hervier après avoir pris place dans un fauteuil.

Il dégusta le Sauternes avant d'ajouter :

— Étienne, je me suis fait avoir comme un bleu par un gamin ! J'ai cru qu'il était allé à Perpignan pour se consoler dans les bras de sa copine. Sans rire, à part analyser des petites annonces, je ne suis bon à rien.

— Reprenez-vous, commandant, je sais où il est.

— Pardon ?

— Il plane au-dessus de l'Atlantique…, et va bientôt atterrir à São Paulo !

— Tu peux m'expliquer ?

Pour pouvoir quitter le sol français, Romain devait décliner son identité. Duroux avait donc vérifié les réservations sur le Roissy – Rio de Janeiro d'Air France. Mais Romain ne figurait pas sur la liste des passagers et le vol suivant se situait le lendemain. Aurait-il tenté le diable en restant vingt-quatre heures sur Paris ? Probablement pas, avait supputé le lieutenant, sans bien saisir l'enjeu.

Mais quand Hervier lui rapporta le subterfuge avec le proprio de la camionnette, Duroux pressentit que la virée à Perpignan recelait un but précis. Il avait alors cherché d'autres aéroports desservant les principales villes du Brésil.

À cause des liens linguistiques, Lisbonne paraissait évident. Mais ça faisait une sacrée trotte depuis Perpignan. En repérant les vols Barcelone / São Paulo de la LATAM Airlines – tous les lundis, mercredis et vendredis à dix heures quarante – il s'était demandé quel moyen de transport Romain avait utilisé pour rejoindre Barcelone.

En train ? Les horaires ne collaient pas. Le premier TGV de la journée arrivait trop tard.

En avion ? L'aéroport de Perpignan ne proposait aucune destination sur l'Espagne.

En taxi ? Il contacta des chauffeurs. La plupart refusèrent, mais certains acceptèrent si la course était payée en liquide. En respectant les limitations de vitesse, le trajet Perpignan Barcelone durait deux heures et quart et coûtait entre cinq et six cents euros. Avec du cash, Romain pouvait franchir la frontière ni vu ni connu !

— Nous sommes lundi. Il déguste une coupe de champagne dans cet avion ! affirma Duroux.
— Ce gars doit former les instructeurs du Mossad ! ria jaune Hervier.

Duroux se contenta de sourire.
— Tu sais où habite Petro Sepulva ?

Duroux secoua la tête.
— Alors, c'est foutu !
— J'ai arrangé le coup, commandant. Felipe Mattoso est en train de se rendre à l'aéroport de São Paulo. Il y sera une bonne heure avant l'atterrissage de Romain, qui le mènera chez Petro Sepulva. Ne vous inquiétez pas, Felipe est un as de la filature ! Une fois là-bas, il communiquera l'adresse à sa fille Luiza. Elle nous prendra en charge dès notre arrivée et nous y emmènera.
— *Notre* arrivée ?
— J'ai réservé deux billets pour le vol de demain. Vous ne parlez pas portugais, moi si. Rassurez-vous, on va le retrouver.

37

Alain Degay avait perdu de sa superbe. Pour atteindre les sommets, il avait levé un certain nombre d'obstacles en forçant les collaborations. Des subalternes, des maffieux, des élus, des nantis, il en avait terrorisé une kyrielle. Rien d'étonnant : ceux qui – comme lui – sortaient d'un orphelinat bénéficiaient rarement d'un piston ! Mais voilà, à force d'accumuler les moyens de pression, les rancœurs s'exaltaient !

Hypnotisé par les flemmes et quelques verres de whisky, il contemplait la pile de papiers en train de brûler dans la cheminée. Des documents qu'il faisait disparaître avant qu'un jeune agent se référant encore à la justice des hommes ne vienne les saisir. Le service public au service du citoyen, la légalité au-dessus de toute autre considération, les plus âgés en éprouvaient un désabusement rancunier. Ses proches collaborateurs, impatients de le remplacer, ne laisseraient pas passer l'occasion ! Degay le corrupteur par-ci, Degay le traître par-là ! Si cette histoire virait à la vindicte populaire – un procès bien orchestré avec les médias en porte-parole –, ils se chargeraient de lui tailler un costard de bouc émissaire. Mais ces combinards déguisés en colombes ne devraient pas l'enterrer trop vite ! Le commissaire général Alain Degay détenait un joker dans sa manche.

En attendant de le jouer, il anticipait sa mise au vert volontaire. Sinon il risquait de trimballer ses ridules dans le réduit avec vue sur des barbelés qu'un juge se ferait un plaisir de lui octroyer. Il avait joué très gros et encourait des pertes en rapport, comme l'hôtel particulier en plein centre du marais dans lequel sa femme et lui résidaient. Autant limiter la casse !

Il enfournait un tas de photographies dans l'âtre quand son épouse, sa chevelure blonde ébouriffée tombant sur un pyjama de soie tendance asiatique, pénétra dans le salon. In-

somniaque à ses heures, l'absence de son mari dans leur grand lit l'avait inquiétée.
— Que se passe-t-il, Alain ? Tu as des ennuis ?
Isabelle Degay. Née de Bertonnes. Comme si la particule en déclin de ses aïeux avait, ne serait-ce que le temps d'une réception, suffi à compenser ses fastes d'une époque révolue ! Ben voyons, ma *chère* Isabelle !
— Pourquoi s'attarder sur ce que tu n'as jamais voulu savoir ? Tu te rappelles les nombreuses fois où je t'ai supplié d'apprendre le portugais, car mes affaires nous amèneraient à déménager ? Eh bien, ce jour est arrivé.
Isabelle se laissa tomber sur le canapé, comme une poupée gonflable à qui l'on avait retiré sa valve.
— Tu es sûr ? demanda-t-elle, la voix chevrotante.
— Une chance sur deux ! Mais si ça tourne au vinaigre, nous devons être prêts, dit-il en s'emparant d'une enveloppe posée sur son bureau. Ton billet pour Zurich. Tu y récupères le contenu du coffre, tu vas t'installer à Rio et tu attends mes instructions. Si tu apprends qu'on m'a arrêté, les adresses de quelques amis qui pourront t'aider sur le long terme, dit-il en lui tendant l'enveloppe.
— Mais...
— Il n'y a pas de *mais* qui tienne ! Tu boucles tes bagages et tu pars. Rassure-toi, Isabelle, tu auras de quoi te reconstruire un nid douillet ! Bon, laisse-moi, j'ai à m'occuper !

En temps normal, la découverte du corps de Liniac par les Russes lui aurait sabré le moral. Trente années de loyauté réciproque auraient mérité un éloge funèbre en versant une larme ou deux, mais personne ne pourrait l'accuser de manquer de répondant. Il avait surmonté d'un revers de main le deuil de leur relation et avait fait sienne la devise de Winston Churchill : « Acceptons de perdre des hommes pour gagner une bataille ! » Cela dit, se retrouver seul à gérer cette histoire lui faisait prendre des risques. Comme demander à ce jeune *geek* qui venait de rallier la DGSI de pirater l'ordinateur personnel d'Étienne Duroux.

Sans cela, il aurait ignoré ce voyage organisé à destination du Brésil. Ils étaient nombreux sur le coup ! Romain Favre et Manon Vallonnes dans un Boeing ! Le commandant Hervier et le lieutenant Duroux dans un Airbus !

« La chance sur deux » dépendait de Thamires, de loin le plus malin des trois officiers brésiliens qu'il avait formés. Thamires avait bondi de joie quand Degay avait mentionné Felipe Mattoso, le type qui avait rectifié ses deux collègues !

« Bien, advienne que pourra ! » déclama Alain Degay en déballant un carton *top secret* dont le contenu finirait en cendres.

Nazaré Paulista

Le Boeing se posa à l'aéroport de São Paulo-Guarulhos à dix-huit heures vingt-cinq. Manon et Romain retirèrent de l'argent à un bureau de changes, puis Romain alla récupérer leurs bagages pendant que Manon s'occupait de la voiture de location. Il venait de saisir une grosse valise et se demandait comment on pouvait emporter autant d'affaires pour un voyage de quelques jours quand elle lui envoya un texto : elle l'attendait devant la porte numéro quatre.

Les roulettes sur le point de déjanter, il traversa la moitié du hall avant d'atteindre la bonne sortie. Manon, assise au volant d'une Ford Mustang décapotable rose garée sur le trottoir, lui cria de se dépêcher.

— Tu as réservé le véhicule le plus voyant du continent. Ce n'est pas sérieux ! reprocha-t-il. Allons le rendre et prenons une voiture passe-partout.

Mais Manon afficha une moue de princesse contrariée que rien n'aurait fait changer d'avis.

— C'est moi qui paye, c'est moi qui choisis. Et c'est moi qui conduis ! déclara-t-elle en lançant une mimique à étouffer dans l'œuf toute forme de protestation.

Romain déposa la valise et son sac à dos sur la banquette arrière et s'installa à côté de Manon. Il claqua sa portière et les pneus crissèrent comme au départ d'un grand prix. La discrétion et Manon étaient incompatibles, rumina-t-il.

Ils laissèrent Guarulhos derrière eux et traversèrent une forêt d'une fraîcheur bienvenue. Les trois voies fluidifiaient la circulation, la voiture était confortable, la radio balançait de la musique pop, la tête de Manon ondulait, ses cheveux flottaient aux vents. Toutes les conditions pour effectuer un voyage agréable étaient réunies. Mais Romain se sentait anxieux. Manon avait loué un cabriolet de la même marque et de la même couleur que celui qu'il conduisait lors d'un récent cauchemar dont il se serait bien passé ! Il s'était réveillé en sursaut après la scène finale. Sous un soleil de plomb dans une contrée désertique, il roulait un cigare au bec sur un air de Bob Dylan en compagnie d'une superbe blonde. Il caressait la peau de ses cuisses quand des tonnes de sable les ensevelirent ! Depuis l'aéroport, ces images se superposaient aux paysages.

Il essaya de se rassurer en jouant aux sept erreurs : ils écoutaient une chanson des Beatles ; les nuages les protégeaient des ultraviolets ; la forêt s'étendait sur des kilomètres ; il fumait une clope ; Manon tenait le volant ; elle était brune et portait un pantalon !

Ils entrèrent dans Nazaré Paulista en fin d'après-midi et se garèrent sur la place principale. La tournée des bistrots, qui jusqu'à présent avait aiguillé Romain, vira au fiasco. Ils s'apprêtaient à chercher un hôtel, mais un quarantenaire efféminé assis sur un banc reconnut Petro Sepulva sur la photo. Il les pria de regagner leur véhicule, monta sur son vélomoteur et les conduisit au départ d'un chemin forestier. « La maison de Petro est au fond », indiqua-t-il dans un anglais approximatif. Romain lui donna cinquante réals pour le remercier.

Après cinq cents mètres de fondrières, ils débouchèrent sur une clairière. Manon rangea la décapotable à côté d'un vieux Land Cruiser stationné devant une baraque de plain-pied dont le crépi défraîchi tirait vers l'orange.

Ils avançaient vers la porte quand un géant aux longs cheveux gris paré d'une barbe de plusieurs mois et de fripes préhistoriques sortit avec un fusil.

Manon poussa un cri et l'homme baragouina quelques mots dans une langue des pays de l'Est.

— Monsieur Sepulva, nous sommes venus vous parler, se hâta d'articuler Romain en voyant les deux canons sciés s'orienter vers lui.

— Qui êtes-vous ? gueula Petro en français, deux doigts sur la gâchette.
— Je m'appelle Romain Favre et voici Manon, la fille d'Alexandre Gribois. Ou de Sacha, si vous préférez.

Petro Sepulva se figea comme un soldat de plomb. Mais ses synapses laissèrent passer l'information jusqu'à son centre de décision et il fit signe à Manon d'approcher. Elle obéit après avoir regardé Romain qui acquiesçait de la tête. Il la dévisagea un long moment durant lequel la méfiance et la confiance jouèrent à pile ou face.

Et se détendit :
— Manon, va garer ta caisse derrière la baraque, sinon les sièges vont cramer avec ce cagnard ! Et toi, suis-moi.

Les décapotables étaient conçues pour rouler l'été. Petro Sepulva ne souhaitait pas qu'un éventuel visiteur puisse la voir, pensa Romain.

Les deux hommes pénétrèrent à l'intérieur de la maison. La sueur de celui qui les avait réalisés imprégnait les murs et le mobilier. Était-ce Petro ? se demanda Romain en observant les énormes paluches tachées par le soleil et crevassées par le labeur déposer une bouteille et des verres sur la table.

Les traits d'Alexandre avaient conservé la douceur et la féminité de sa jeunesse, mais le visage buriné de Petro exprimait la dureté de celui qui avait survécu à la barbarie et aux trahisons de ses contemporains. Quant à ses yeux, plus personne ne leur ferait avaler de couleuvres. Petro ressemblait à un croquant qui refusait de payer la taille. Pas à une Drag Queen à la retraite !

Manon les rejoignit, elle faillit s'étrangler en absorbant une gorgée de Tequila.
— Direct de l'alambic d'un copain. Soixante-douze degrés. Quand on n'a pas l'habitude, ça arrache la gueule. Mais ça passe avec la troisième tournée. Vous avez mangé ?

Une cocotte en fonte reposait sur le poêle à bois. Petro lava trois assiettes et des couverts dans une bassine et remplit un pichet de vin rouge qu'il tira d'un gros tonneau.

— Ici, on est loin de tout, tu dois prévoir. Mais ça ne me dérange pas. Si je suis parti au Brésil, ce n'est pas pour retrouver la cohue des mégapoles !

Petro surveillait la cuisson et Manon arpentait la pièce comme une décoratrice d'intérieur sur le point d'abattre les cloisons et d'assortir le futur mobilier avec la nouvelle couleur des murs. Posée sur la commode, une statue représentait deux corps en train de s'enlacer. Petro remarqua qu'elle l'effleurait avec son majeur.

— Une œuvre de ton père. Lors de son dernier séjour, il s'est procuré une bille de pernambouc dans l'ancienne plantation qui entoure la clairière.

Devant leurs mines ahuries, il précisa :

— Le pernambouc, ou Pau-Brasil, est une plante légumineuse pouvant mesurer jusqu'à dix mètres ! Il pousse uniquement dans le coin et a donné son nom au pays. Même si le gouvernement actuel protège l'espèce, on l'utilise toujours pour fabriquer des archets, il est deux fois plus dense que du chêne tout en offrant une grande souplesse... Alexandre l'a taillée deux jours durant, cette bille ! Il nous avait imaginés comme des soldats qui s'étreignaient avant d'aller combattre l'ennemi. Il l'a laissée en partant.

Malgré son apparence, Manon et Romain apprécièrent le ragoût. Après le repas, Petro voulut connaître le but de leur visite. Romain raconta son périple, et Petro descendit un autre verre de tequila :

— Sacha, à la tienne. Ces salauds ont fini par t'avoir, mais ils vont le regretter. Crois-moi !...

Malgré la larme qu'il essuya du revers de sa manche, Romain et Manon n'eurent aucun doute sur ses intentions. L'ours était réveillé, ceux qui l'avaient sorti de son hibernation allaient payer le prix fort.

Petro se tourna vers Manon :

— Tu es venue pour découvrir la personnalité de ton père ?

Elle lui envoya un sourire extraverti et il se lança dans un long monologue :

— Je me souviens de notre première rencontre comme si c'était hier. Le spectacle auquel j'avais participé était terminé et je me démaquillais lorsqu'il a pénétré dans ma loge. Sans même se présenter, il a dit : « Refile-moi dix grammes de coke ! » J'ai vu son visage dans la glace, et là, j'ai éprouvé le coup de foudre que tu espères toute ta vie. J'avais de l'allure, à l'époque. Mais Alexandre détenait une beauté surnaturelle. J'ai senti la bénédiction des Dieux tomber sur mes épaules en devinant une fascination réciproque... La confiance a mis plus de temps à s'instaurer. Me parler de ta mère lui a pris des années ! Tu sais qu'il avait choisi d'enseigner à Grenoble après l'agrégation ? (Manon opina pour lui éviter de perdre le fil de ses idées.) Il n'affirmait pas sa sexualité, à ce moment-là. Après l'amourette avec son prof de russe, il a fréquenté d'autres garçons. Mais les femmes l'attiraient également. Au début de sa carrière, il créchait dans une chambre de bonne à Échirolles, une ville contiguë à Grenoble. Il se tapait une heure de marche pour rejoindre son lieu de travail. Passer le permis de conduire l'angoissait et il détestait les transports en commun. Il a recherché un logement proche du lycée Champollion. Ta mère bossait pour une agence immobilière. Elle lui a fait visiter un trois-pièces et ils se sont retrouvés au pieu. Tout le monde acceptait de partager sa couche s'il te le proposait ! Ils ont vécu six mois ensemble. Mais il était venu à Grenoble pour trouver des renseignements sur son père génétique et sa tante Christiane lui a fichu la trouille.

— Christiane Trudeau, l'auteure du *Temps des Russes*, précisa Romain à l'intention de Manon.

Petro profita de l'interruption pour remplir et descendre son verre.

— Geneviève Trudeau, ta grand-mère, devait se marier avec un certain Vladimir Fedowsky, poursuivit-il. À l'époque, des officiers russes résidaient au château de l'Orgère. Alexis Boldaïev, un proxénète chez qui ton père a travaillé par la suite, l'avait menacé de mort s'il refusait de participer à l'enlèvement du colonel Wrotsky. Vladimir n'avait pas l'intention de se soumettre au chantage, mais il craignait pour la vie de Geneviève et celle d'Alexandre, qu'elle portait dans son ventre. Il s'était confié à Christiane et elle lui avait conseillé d'ordonner à Geneviève de déguerpir sur le champ... Vingt-cinq ans plus tard, ta mère annonce à Alexandre qu'elle est enceinte de toi. Il a eu peur et a reproduit le comportement de son père. Il ne s'est jamais remis de vous avoir abandonnées. J'ai essayé de le convaincre d'aller vous voir, mais sa paranoïa n'a cessé de croître. Il fabulait des complots avec des espions russes à chaque coin de rue... Je n'ai jamais pu le raisonner. Il a néanmoins accepté que je me rende à Belfort. J'y allais une fois par an, j'en repartais avec des photos de toi et quelques renseignements que je soutirais à tes copines. Même si ce n'était pas grand-chose, son visage s'éclairait dès que nous évoquions ta scolarité, tes loisirs... Mais j'en reviens au début de notre liaison. À cause de sa dépression, l'éducation nationale lui avait octroyé un congé de longue maladie. Il en a profité pour se réinstaller à Paris. Il a alors fréquenté des dealers qui lui fournissaient toutes sortes de drogue. Son salaire ne suffisant plus, il envisageait de se prostituer quand nous nous sommes rencontrés. Puis il a assisté à mes représentations et a voulu que nous formions un duo. Il pensait y trouver le moyen de gagner de l'argent tout en développant ses qualités artistiques. Il n'avait jamais pratiqué le chant, mais il était doué et apprenait vite. Et sur scène, sa morosité disparaissait. Il y déployait une propension à l'autodérision insoupçonnable. La danse, il l'a découverte à Châlette. Je participais aux spectacles des ballets Zaporogues en tant que remplaçant, une façon de garder le contact avec mes racines ukrainiennes. Nous y sommes restés un an, le temps de monter notre numéro et de nous produire à Gièvres, dans la propriété d'Anton Boldaïev... Alexis Boldaïev avait déjà laissé les commandes à son fils. C'est Anton qui a aménagé les dépendances de façon à accueillir des séminaires. Après notre troisième représentation au manoir, Alexandre s'est fait piéger par Anton et Alain Degay, un officier des Renseignements Généraux ! Degay l'a alpagué avec un gros paquet de coke qu'Anton venait de lui vendre. Degay lui a alors proposé de séduire les notables que ces deux crapules voulaient corrompre, s'il souhaitait éviter la prison. Sa consommation de drogue s'est accélérée, une façon d'oublier cette forme de prostitution, la fin tragique de ses deux pères, l'abandon de sa famille... Le début d'une descente aux enfers que je n'ai pas supporté. Au printemps 1990, je suis parti en Ukraine. Mais le climat pour les homosexuels s'y était dégradé. Un an plus tard, je me suis installé au Brésil. J'ai participé à l'organisation de la première Gay Pride de São Paulo, en 1997... De son côté, Alexandre avait entendu par hasard Alexis Boldaïev proclamer avoir orchestré un attentat sur un officier russe et un chauffeur de taxi. Alexandre est alors revenu sur Grenoble pour mener sa propre enquête. Il y a suivi une cure de désintoxication et s'est investi quelque temps dans une association franco-russe... Puis il m'a rejoint au Brésil, en 1994. Malheureusement, nous n'avons pas retrouvé l'intimité d'avant mon départ. Il avait beau accomplir des efforts, l'histoire de son père le tourneboulait et il n'arrivait pas à larguer le tumulte des villes. Comme vous avez pu le constater, c'est le trou du cul du monde, ici ! Mais il aimait y passer une semaine ou deux chaque année. La dernière fois, en décembre, je l'ai trouvé plus taciturne que d'habitude. Un soir, il a débloqué pendant des heures sur un complot dirigé par Vladimir Poutine !... Il avait revu Christiane et je crois qu'ils se sont échauffé le cerveau avec des ragots sur des espions russes installés en Haute-Savoie. Christiane accumulait les articles de presse sur des empoisonnements au Novitchok, un neurotoxique utilisé par les agents de la GRU pour éliminer les opposants au régime... Puis il m'a confié qu'il allait dérober des documents au manoir pour en finir avec la famille Boldaïev, Alain Degay et les services secrets. Il craignait pour sa vie et voulait me les envoyer. Je devais les dévoiler si un malheur lui arrivait avant qu'il me rejoigne. Comme un imbécile, je l'ai écouté d'une oreille bouchée ! Voilà ce que je peux te dire sur ton père. Le reste est trop intime. Ou m'est inconnu.

Romain interrompit le long silence fait d'apaisements, de regrets et d'appréhensions qui suivit :

— Monsieur Sepulva, quel métier exerciez-vous avant de vivre de vos spectacles ?

— J'enseignais les mathématiques. Jusqu'à ce qu'un parent d'élève traîne devant un club et remarque ma tête sur une affiche. Scandale, démission... Dommage, j'étais un bon professeur. Quoiqu'il en était, j'aime à le penser !

— Que sont devenus les documents ? demanda Manon.

Petro se dirigea vers une étagère. Il en rapporta une petite valise en carton qu'il posa sur la table.

— J'ai reçu un colis, il y a trois semaines. Les gens infréquentables qu'Alexandre et moi avons côtoyés sont là-dedans. Une carte écrite de sa main précisait que son plan s'était déroulé comme prévu et qu'il avait l'intention de me rejoindre dès qu'il t'aurait rencontré. Il voulait tout t'expliquer et espérait que tu lui pardonnerais sa disparition, ou du moins la comprendrais, dit-il en remarquant les yeux humides de Manon.

Ils passèrent le reste de la soirée à consulter des photos, des relevés bancaires, des lettres... Lorsque Manon ou Romain souhaitaient des éclaircissements, Sepulva déballait ce qu'il savait :

— Sur cette photo, un agent de la GRU discute avec Alexis Boldaïev. Les deux sont morts depuis longtemps !... Sur celle-ci, le commissaire Degay et Anton Boldaïev se saluent. Ce dernier aussi est décédé !... Sur celle-là, des types en armes paradent devant Catherine et Oleg Bounine. Romain, tu as eu de la chance de ne pas être tombé sur eux quand tu as installé ta caméra, jugea-t-il en se levant.

Il saisit du linge dans le tiroir d'une commode, poussa du coude une porte sans poignée et les précéda dans une sorte de dépôt-vente :

— Vous pouvez dormir là… Tiens, dit-il en se tournant vers Manon. Voilà une paire de draps. Pas besoin de couverture avec cette chaleur.

Ils retournèrent dans la pièce centrale, et Romain lui demanda la permission de photographier les documents avec son smartphone.

— Pas de problème. Mais c'est dommage que tu n'aies pas apporté ton ordinateur. Le mien vient juste de casser. Tu aurais gagné beaucoup de temps en recopiant les fichiers, dit Petro en prenant le chat dans ses bras. Ils sont bien gardés, hein, mon super Félinou, le flatta-t-il en le caressant.

Petro les avait donc numérisés, pensa Romain, sans oser le questionner à propos du support utilisé.

— Puis-je me procurer un ordinateur portable à Nazaré Politzé ?

— Demain, je t'accompagnerai chez le seul revendeur fiable de la région ! répondit Petro. En attendant, dodo. Je cours et danse à la fraîche, dans les bois. Petit-déjeuner à mon retour. Vers huit heures. Bonne nuit.

Romain se glissa sous les draps et Manon le rejoignit. Il lui souhaita de beaux rêves, éteignit la lumière, mais Manon n'avait pas sommeil :

— Merci, Romain, pour ce voyage. Sans toi, je n'aurai jamais découvert la véritable histoire de mon père. Je me sens soulagé de savoir qu'il tenait à ma mère et à moi et n'avait eu d'autre choix que celui de nous abandonner pour nous éviter une fin tragique.

— Je n'ai fait que mon devoir, dit Romain.

Il réalisa l'énormité qu'il venait de balancer et Manon éclata de rire :

— Des comme toi, il n'y en a qu'un par génération ! conclue-t-elle en plaquant son corps contre le sien.

39

Petro avait mal dormi. Revoir Manon, le portrait craché d'Alexandre, l'avait secoué plus qu'il ne l'avait escompté. Même s'il ne l'avait jamais abordée pendant ses virées à Belfort, il se considérait comme son oncle. Un tonton invisible qui vérifiait avec régularité si elle grandissait dans de bonnes conditions. En temps normal, il ne se serait jamais laissé aller à se remémorer si longuement les moments passés avec Alexandre. Mais il avait senti chez elle le désir irréductible de combler l'absence de son père en s'appropriant les moindres détails de son parcours.

Il ne savait la nature exacte de ses relations avec Romain, mais une droiture reposante émanait de ce gars. Si Manon se fiait à lui, il agirait de même et lui permettrait de copier les documents volés par Alexandre. Cette bande de salauds allait payer pour avoir causé sa mort, promit-il en pénétrant dans le bois.

Il emprunta le chemin sur lequel il avait l'habitude de courir, mais l'envie s'était dissipée. Les larmes inondaient ses joues, le suppliant de rendre hommage à son compagnon. Il se mit à danser et improvisa un chant d'une profonde tristesse.

Romain s'était levé à sept heures trente. Du pain, du fromage, des bananes et un mot reposaient sur la table : *si vous êtes réveillés avant mon retour, commencez à manger. La cafetière est sur le poêle.*

Après un premier abord difficile, Petro Sepulva s'était montré un hôte charmant. Ils avaient débarqué la veille au soir et il leur avait déjà fourni une tonne d'informations. Mais la valise s'était volatilisée. Étrange, s'inquiéta Romain en fouillant chaque recoin de la baraque.

Manon apparut vers neuf heures. Couverte d'un tee-shirt blanc qui lui arrivait à mi-cuisse, elle vint s'asseoir sur ses jambes et l'embrassa :

— Excuse-moi d'être restée au lit, mais j'avais besoin de récupérer ! On ne devait pas prendre le petit-déjeuner avec Petro ?

— C'était prévu comme ça. Mais il a une heure de retard et les documents ont disparu ! Je vais voir ce qu'il fabrique.

Romain traversa la clairière en direction des arbres. Ou plutôt, des fameuses plantes légumineuses dont avait parlé Petro. Rien ne distinguait les pernamboucs des feuillus méditerranéens, pensa-t-il. Mais les imposantes excroissances en forme d'épines le dissuadèrent de les entourer de ses bras. Des pics-verts, résignés à transpercer l'écorce de leur bec pour récupérer des fourmis, s'envolèrent quand il contourna le rouge vif caractéristique d'un tronc dénudé.

Il s'enfonça dans le bois et tomba sur une sente utilisée de façon régulière. Il marcha dans le sens des aiguilles d'une montre et retrouva son point de départ au bout d'un quart d'heure. Le circuit mesurait environ un kilomètre. Si Petro s'adonnait à la course à pied tous les matins, il devait effectuer plusieurs tours sans éprouver la moindre fatigue, estima-t-il. Dansait-il dans un endroit précis ?

Attentif à d'éventuelles traces de pas, il entama une deuxième boucle en s'écriant « Petro ». À mi-parcours, il aperçut la pointe d'une chaussure de sport qui dépassait d'un hibiscus aux fleurs jaunes. Un couple de colibris s'en alla butiner dans un autre coin lorsqu'il s'approcha. Sûr de ce qu'il allait découvrir, il contourna les feuillages. Petro était allongé sur le ventre, un couteau de chasse dressé entre ses omoplates. Mais il ne s'attendait pas à trouver un homme avec un trou dans la tête étendu à ses côtés.

Il aurait dû crier au secours, déguerpir ou se planquer ! Mais il s'accroupit entre les deux cadavres. Le nouveau venu avait planté sa lame dans le dos de Petro. S'agissait-il d'une vengeance locale, sans rapport avec les faits qui s'étaient déroulés en France ? Peu importait, les deux possédaient un point commun : ils contribuaient désormais au recyclage des déchets !

La balle que le meurtrier de Petro avait reçue en plein milieu du front rappela à Romain une expérience désagréable. Représentait-elle la signature du type qui l'avait protégé à Gièvres et venait de recommencer ici même ? Que risquait-il à prendre contact ?

— Vous ne me voulez pas de mal et c'est réciproque. Montrez-vous, nous pouvons nous entraider, tenta-t-il.

L'envol d'un chipiu à tête cendrée rompit le silence, mais le message n'avait pas convaincu. Romain renouvela sa demande de coopération, attendit de percevoir un mouvement, un murmure...

Il rejoignit la baraque et mit Manon au courant.

— On doit dégager ! conclut-il.

Ce voyage n'avait servi à rien ! songea Romain en apportant leurs affaires jusqu'à la voiture. Quatre morts inscrits dans la colonne *victimes*. Un inconnu veillait sur lui, mais sans les documents d'Alexandre, il ne pouvait rien enclencher, sinon des recherches pour trouver une grotte et s'y cacher, comme Petro Sepulva dans cette contrée perdue.

Manon était déjà assise derrière le volant. Avant qu'il ne prenne place à ses côtés, elle lui demanda :

— Tu veux bien apporter la sculpture de papa ?

Alexandre l'avait réalisée lors de son dernier séjour, avait mentionné Petro. Elle ne partirait pas sans ce souvenir de son père.

Romain l'emballa dans du papier journal, et le matou se frotta contre ses mollets avant de grimper sur la table.

Le chat ! Ses yeux imploraient de l'emmener. Ou du moins, c'est ce que Romain ressentit en l'imaginant livré à lui-même, maintenant que Petro était mort.

Il lui trouverait un nouveau maître, décida-t-il. De préférence dans le coin. Il dénicha un sac de transport sous l'évier et le chat s'y engouffra en miaulant merci.

Puis il claqua la porte et contourna la baraque.

Manon lui criant de se grouiller, il souleva le sac et s'excusa d'une grimace.

Romain était un amour. Tendre, bienveillant, généreux… Stop. N'en jetez plus. Oui, ils parcourront un bout de chemin en se tenant la main. Grand comment ? L'avenir en déciderait.

Elle lui envoya un baiser plein d'espoirs, puis elle tourna la clé de contact.

Dans un vacarme assourdissant, la Ford Mustang explosa, des morceaux de ferraille, de cuir, de plastique et de chairs s'éparpillèrent dans toutes les directions. Romain sentit un corps étranger pénétrer dans sa poitrine. Une douleur térébrante paralysa ses muscles. Il s'effondra sur le sol ; son menton se planta dans la terre ; le sang rougit son tee-shirt. Il leva les yeux et regarda la voiture brûler sans pouvoir articuler un mot. Des larmes amères coulaient sur ses joues.

Un type basané, de petite taille, mais large d'épaules, tourna autour de la décapotable en flamme avant de venir s'accroupir près de lui. Il ouvrait la bouche, mais Romain n'entendait aucun son en sortir. Sonné, il attendait le coup de grâce lorsqu'il perdit connaissance.

épilogue

Romain reposait sur un vieux lit d'hôpital. En se réveillant, il vit en premier un immense toit en tôle ondulée. L'avait-on transporté dans un hangar abandonné pour un interrogatoire musclé ?

S'enfuir ! Il essaya de se lever, mais ressentit des tiraillements insupportables au niveau de l'abdomen. Une jeune femme en blouse blanche se posta devant lui. Il ne saisissait rien de ce qu'elle disait, mais le mouvement de ses mains lui imposa de se calmer.

Elle renouvela ses bandages, lui donna plusieurs cachets…, il se rendormit.

La douleur s'atténua au matin du dixième jour. Il avait retrouvé son audition et éprouva de la joie en entendant l'infirmière chanter. Les paroles restaient incompréhensibles, mais la mélodie, simple et nostalgique, se retenait facilement. Son timbre, à la fois énergique et reposant, lui procurait un apaisement teinté d'espoir. Sans parler du chat qui passait une bonne partie de son temps lové contre sa tête.

La semaine suivante, il se permit de la dévisager lorsqu'elle venait s'occuper de lui. Elle s'appelait Luiza, ne possédait pas la beauté farouche de Manon, mais ses traits fins et réguliers dégageaient une sérénité bienveillante.

Il pouvait maintenant bouger ses bras et caresser le matou scotché sur sa poitrine. Seuls les rescapés d'un même accident se serreraient les coudes, se plaisait-il à penser.

Le chat ! Noir de la queue aux oreilles, noir comme le collier autour de son cou, noir comme le pendentif qui y était accroché. Le chat ! Les documents ! Petro avait dit qu'ils étaient bien gardés en tenant *Félinou* dans ses bras. Romain retira le pendentif. Il se sépara en deux et un rectangle de résine incrustée de cuivre s'en échappa. Le réceptacle ne contenait pas que l'adresse et le nom du propriétaire ! s'égaya-t-il

Il appela Luiza, lui demanda un dictionnaire français-portugais et lui fit comprendre dans un mélange de mots et de gestes ce qu'il attendait d'elle. Maintenant qu'il avait récupéré la clé USB sur laquelle Petro avait copié les documents d'Alexandre, il n'allait plus forcément terminer sa vie au fin fond de la forêt amazonienne !

Un mois s'était écoulé quand deux types l'aidèrent à redresser son buste. Le plus mal rasé des deux glissa un coussin sous sa tête.

— Bonjour, Romain ! fit l'autre, celui qui avait la stature d'un militaire de carrière. Je suis le commandant Hervier et voici le lieutenant Duroux. Nous travaillons pour la DGSI. Mais rassurez-vous, nous ne sommes pas des sbires du commissaire Degay. Vous nous en avez fait voir du pays !

Hervier lui expliqua comment il avait retrouvé sa piste, à Gièvres, et pourquoi Felipe, l'ami de Duroux, avait pris la relève lors de son arrivée à São Paulo.

— Romain, vous l'avez échappé belle ! déclara Duroux.

Ils le félicitèrent d'avoir mené son enquête avec l'efficacité d'un professionnel et bouchèrent quelques trous dans le récit :

Romain récupéra leurs bagages sur le tapis roulant avant de se diriger vers la sortie. Adossé contre un pilier en faisant semblant de lire un journal, Felipe remarqua un moustachu se mettre en mouvement. Sa démarche de militaire lui rappela un mauvais souvenir et il s'assura que le type était seul. Romain s'installa dans une décapotable, le moustachu rejoignit en courant une Volkswagen stationnée en double file. Pris au dépourvu, Felipe monta dans un taxi et demanda au chauffeur de suivre les deux automobiles sans se faire repérer ! L'annonce de cent réals de pourboire fut déterminante !

Le taxi déposa Felipe à l'embranchement de la piste en terre empruntée par la Mustang et la Volkswagen. Felipe s'enfonça dans les bois, jusqu'à ce qu'il ait la baraque de Petro en ligne de mire.

Vers quatre heures du matin, le moustachu traversa la clairière. Il contourna la maison avant d'y pénétrer. Il en ressortit avec une valise, alla la ranger dans le coffre de sa voiture garée le long du chemin, et revint se planquer derrière un arbre. Durant le footing de Petro, il lui planta un couteau dans le dos. Felipe était trop éloigné pour l'en empêcher, mais il se fit une joie d'aller rectifier le troisième officier brésilien qui avait incendié la ferme dans laquelle sa fiancée avait trouvé la mort, brûlée vive !

Felipe reprenait la valise lorsqu'il entendit l'explosion. Comme la décapotable stationnait derrière la baraque, il n'avait pu apercevoir l'ancien tortionnaire placer une bombe sous le châssis pendant sa virée nocturne.

— Nous avons consulté les documents dérobés par Alexandre Gribois. Ils contiennent suffisamment d'éléments pour faire tomber Alain Degay, affirma Hervier. Le temps que la procédure aboutisse, disons deux à trois mois, vous resterez chez la fille de Felipe. Vous y serez à l'abri. Duroux et moi rentrons en France. Nous vous préviendrons quand votre tour arrivera. En attendant, profitez du calme environnant pour vous rétablir. Et arrêtez de vous prendre pour James Bond !

— Promis, sourit Romain en pariant son avenir sur les prochaines démarches des deux officiers.

Mais pas uniquement !

Après leur départ, Luiza entra dans la salle. Elle s'approcha et déposa un baiser sur son front. Elle portait un collier auquel était suspendue comme des perles une vingtaine de micro-clés USB de toutes les couleurs. Le pendentif du chat avait fait des petits !

Duroux et Hervier manifestaient une confiance de bon aloi. Mais si leur tentative de passer par les affaires internes échouait, Romain se chargerait de donner aux documents une diffusion planétaire. Alain Degay et ses complices finiraient en cellule, se réjouirent Alexandre, Pierre, Petro et Manon.